AF178764

624

Verlag Kiepenheuer & Witsch GmbH & Co. KG,
Bahnhofsvorplatz 1, 50667 Köln

Kontaktadresse nach EU-Produktsicherheitsverordnung:
produktsicherheit@kiwi-verlag.de

Das Buch

Helge Schneider teilt seinen Lesern mit: »Hier ist er wieder, Kommissar Schneider! Lange sollte seine Rentnerzeit nicht sein, und so kam es dazu, daß der Herr Kommissar Schneider mal wieder einen besonders schwierigen Fall auf sich genommen hat. Es treibt ihn sogar in den Orient, Jemen, Fez, Arabien und so. Dort hat er jede Menge zu tun. Nur wenig, sehr wenig hat dieses Tun mit dem aktuellen Fall zu tun, weswegen er da ist! Seine Frau zu Hause hält es auch nicht lange alleine aus, sie versucht mit dem Nachbarn von gegenüber ein Stelldichein zu bekommen. Der Kommissar Schneider ist so weit weg von zu Hause, daß er nicht merkt, daß in seinem Bett jemand anders schläft ...

Der Scheich mit der Hundehaarallergie ist praktisch unsichtbar. Der Kommissar Schneider bekommt ihn zwar mehrmals zu Gesicht, aber das fällt ihm im entscheidenden Moment nicht auf. Doch Kommissar Schneider gelingt es zum Schluß, sein Seelenleben wieder in den Griff zu bekommen, und auch sein altes Büro, das dummerweise jemand in seiner Abwesenheit neu angestrichen hat, kann er noch einmal gebrauchen, als Übergangswohnzimmer für sich, da seine Frau nicht zu Hause ist, er aber Kaffee braucht und das nicht selbst machen kann. Die Sekretärin Frau Stein freut sich auf ein wiederholtes Schäferstündchen mit ihrem Chef.«

Der Autor

Autor, Musiker und Clown, geboren 1955 im Ruhrgebiet. Tritt regelmäßig auf den Bühnen dieses Landes auf und überrascht seine Fans stets mit neuen Einfällen. Nebenbei schrieb er bisher zehn Bücher.

Weitere Titel bei Kiepenheuer & Witsch

»Guten Tach. Auf Wiedersehn. Autobiographie, Teil I«, KiWi 279, 1992. »Zieh dich aus, du alte Hippe«, KiWi 355, 1994. »Das scharlachrote Kampfhuhn«, KiWi 391, 1995. »Der Mörder mit der Strumpfhose«, KiWi 415, 1996. Unter weiblichem Pseudonym »Eiersalat. Eine Frau geht seinen Weg«, KiWi 534, 1999. »Aprikose, Banane, Erdbeer«, KiWi 818, 2004. »Globus Dei. Vom Nordpol bis Patagonien. Ein Expeditionsroman«, KiWi 865, 2005. »Die Memoiren des Rodriguez Faszanatas. Bekenntnisse eines Heiratsschwindlers«, KiWi 968, 2006. »Eine Liebe im Sechsachteltakt. Der große abgeschlossene Schicksalsroman von Robert Fork«, KiWi 1030, 2008. »Bonbon aus Wurst. Mein Leben«, KiWi 1100, 2009.

Helge Schneider

Der Scheich
mit der Hundehaarallergie

Kommissar Schneider flippt extrem aus

Kiepenheuer & Witsch

Originalausgabe

© 2001 by Verlag Kiepenheuer & Witsch, Köln
Alle Rechte vorbehalten. Kein Teil des Werkes darf in irgendeiner Form
(durch Fotografie, Mikrofilm oder ein anderes Verfahren) ohne schriftliche
Genehmigung des Verlages reproduziert oder unter Verwendung
elektronischer Systeme verarbeitet, vervielfältigt oder verbreitet werden.
Umschlaggestaltung: Barbara Thoben, Köln
Umschlagmotiv: © Helge Schneider
Satz: Pinkuin Satz und Datentechnik, Berlin
Printed in Germany
ISBN 978-3-462-03006-8

Ein total toller Tag näherte sich seinem abrupten Ende. Die Sonne hatte gescheint, und jetzt zog eine dunkle Wolke auf gen Himmel. Ein Zirpen im Kornfeld hört gar nicht mehr richtig auf, und man meinte, tausend Grillen haben da eine Art Unterkunft in dem Heu. In weiter Ferne tauchte ein Auspuffqualm auf, und darüber klirrte die Luft unsichtbar heiß. Es handelte sich um ein altes Motorrad, das jede Menge Öl abstieß. KFZ-Kennzeichen: MH CZ-43. Weißrot glühten die Kolben in ihren Ringen, und die Kette schlug gegen die Speichen. Auf diesem Kubikzentimetergeschoß saß der Herr Kommissar Schneider und schlug die Mütze in die Stirn. Der Wind nahm ihm den Atem. Eine fettige Flüssigkeit troff aus seinem Ärmel, er hielt den Öltank beim Fahren hoch, damit das zurückfließende Öl nicht den ganzen Tank zerdrückte, denn es steckt, wie wir alle wissen, eine Menge Kraft in so einem Motorrad. Der Kommissar Schneider sah heute nicht viel anders aus als sonst, dennoch konnte ein geübtes Auge erkennen, daß es schlecht um ihn bestellt war. Er war vor einigen Minuten zweimal von einem Lastkraftwagen überrollt worden, und nur seiner eisernen Gesundheit hatte er es zu verdanken, daß er am Leben geblieben war.

I

Die Hitze war schier unerträglich. Heißer Ölnebel spie aus der Kurbelwellengehäuseöffnung, die so schmal war, daß kein Regenwurm darin ein Nest bauen wollte. Das Motorrad von Kommissar Schneider roch streng nach Flugzeugbenzin. Hier in Tunesien waren die Leute erfindungsreich, wenn sie Hunger hatten, nahmen sie sich.

Kakteen säumten den Wüstenrand. Nachdem Kommissar Schneider sich den Staub abgeklopft hatte, trank er den letzten Schluck aus seiner mitgebrachten Pulle. Das Wasser darin war von der aufgestauten Wärme, die seit Tagen auf das Blech drückte, bereits gequollen. Bah, ekelhaft. Doch der Kommissar sog mit bebenden Nüstern sein Quentchen Flüssigkeit auf. Dann drehte er die Flasche um und nichts, aber auch gar nichts mehr konnte aus dem schmalen Verschluß teil tropfen. Aus, Ende. Kein Wasser mehr. Verdurstung. Vielleicht. Mit der einen Hand deckte er sich die Schläfe zu, um der barmherzungslosen Sonne die Augen zu verwehren, und die andere Hand schaute spähend in die Ferne. Nichts. Nur Sand, Sand, Sand. Und eine LKW-Spur, die plötzlich aufhörte. Warum? Kann man denn aufhören? Gedanken jagten den Kommissar. »Hier am Ende der Welt, in Patagonien, wo das Wetter nie richtig mitspielt, war es kalt und unwirsch.« Diesen Gedanken bekam der arme Kommissar, er wurde zur Zeit fast verrückt. Er war ja gar nicht so weit weg von seinem Büro, Tunesien ist ungefähr 3000 Kilometer weit. Aber die

Wunschvorstellung für ein etwas kälteres Wohngebiet sprach dem Kommissar sehr zu.

Egal, es lag etwas im Busch. Ja, richtig, ein kleines Gebüsch war neben seinem linken Bein hingewachsen. Ein Mispelstrauch, wie sie in der Wüste selten sind. Sogar eine Blüte prangte an einem verästelten Geästel. Hier mußte also Wasser sein, koste es was es wolle! Kommissar Schneider grub mit bloßen Händen drauflos. Die Sinne schwanden ihm nach einer Stunde ungefähr, er wurde immer schwächer, er hatte bereits 40 Meter tief gegraben und kein Wasser in Sicht. Granit. Mehr nicht. Hitze, Sonne. Schweiß. Fußgeruch. Er sollte die Socken wechseln. Sein Parfüm verlor die Intensität. Es ging mit ihm zu Ende. Er brach, nachdem er in sein Notizbuch geschrieben hatte, daß es ihm nicht sehr gut geht, zusammen. Tot.

II

Blitzende Reklameschilder forderten des Kommissars Geschick, er renkte sich fast den Hals aus, als sie ihn in dem engen Krankenwagen durch die Metropole beförderten. Ein vermummter Arzthelfer hob den Arm mit einer dicken Ampulle. Der Tropf quälte sich in der Vene einen ab. Der Kommissar hatte Venen aus Stahl. Er lächelte wissend, umklammerte aber dabei mal sicherheitshalber sein Portemonnaie. Hier sollte ihm niemand anmerken, daß er seinen Fahrzeugschein nicht mitführte. Und das als Polizist! Unmöglich. Schlechtes Gewissen? Nein, nicht er. Der Fahrzeugschein lag in seiner Schublade im Büro, da konnte man ihm keinen Strick draus drehen. Als sie ihn aus dem Krankenwagen hieven wollten, stand er kurz auf und half bei der schweren Liege aus. Dann ging er gebeugt durch das Portal, es verflogen seine Gedanken, und er fand sich auf dem Operationstisch wieder. Sie nähten gerade seine Handflächen zu. Der Kommissar ließ es geschehen und bedankte sich anschließend bei dem Ärzteteam. »Danke, Ärzte! Auf Wiedersehen!« Mit wehendem Haar schritt er von dannen. Draußen fiel ihm ein schwarzer Sedan auf, der unweit des Pförtnerhäuschens geparkt war und in dem vier dunkle Gestalten hockten. Wo hatten sie sein wertvolles Motorrad hingetragen? Kommissar Schneider schritt durch die Fußgängerströme. Eine Zigarette hatte er dabei nicht in seinem Mund, denn er war Nichtraucher geworden.

»Guten Tag, verstehen Sie mich? Ich bin deutscher Kommissar, ich will eine Suchanzeige aufgeben, wegen meinem

Motorrad. Es ist ein schweres Motorrad, Suzuki, glaube ich, es stand nichts drauf, als ich es kaufte. Suchen Sie bitte dieses Motorrad. Hier, eine Fotografie von ihm! Aber ich kann es auch selbst suchen, ich brauche nur die Genehmigung, hier in ihrem Land als Polizist aufzutreten, geht das?«

Versehentlich zeigte der Kommissar Schneider den Beamten in der Botschaft ein pornografisches Bild seiner eigenen Frau, wo aber der Kopf nicht mit drauf war. Ein Glück, so wurde sie verschont, wenn es einen Skandal gäbe! Die Beamten gaben dem Kommissar die Genehmigung, die er brauchte.

Es war natürlich nur ein Trick, die Geschichte mit dem Motorrad. Kommissar Schneider wurde schließlich nicht ohne Grund hierhin in den Nahen Osten gerufen, er sollte nämlich in einem verzwickten Fall ermitteln, oder glaubt jemand, er macht etwa nur Urlaub oder so? Das Motorrad war seine Idee gewesen – irgendeinen Grund mußte er ja wegen der Ermittlungsgenehmigung vorweisen. Alles war vorher am Schreibtisch ausgedacht worden in seinem Büro. Sogar daß er vierzig Meter tief nach Wasser bohren solle, damit die Eingeborenen denken: mein lieber Gott, hat der Durst! Daß er sich vor der Abfahrt in das Wüstengebiet schnell noch mehrmals von einem LKW hatte überfahren lassen, gehörte aber nicht zu seiner Rechnung, das war Improvisation des LKW-Fahrers, der ein Angestellter der Deutschen Botschaft war. Geschickt. Im übrigen war der Kommissar ein starker Typ, er hatte, ohne daß jemand etwas bemerkte, das Motorrad mit ins Krankenhaus geschmuggelt. Vor der Handoperation stellte er es unbemerkt unweit ab. Jetzt konnte er es schnell besteigen, nachdem er die Äste und Blätter entfernt hatte,

10 cm.

Verbrockungstod

und damit verschwinden. Der schwarze Sedan hinterher. Die dunklen Gestalten darin verzogen mißmutig die unteren Gesichtshälften. Wie kam der Kommissar so schnell an ein Motorrad? Mit quietschenden Reifen flog der Sedan hinterher. Kommissar Schneider wußte sich geschickt immer vor den Verfolgern zu halten und lotste sie, ohne daß sie etwas gemerkt hätten, hinter sich her in eine leerstehende Brache. Nur Schilfrohr war dort zu Hause. Zack, Motor aus, und mit Handkantenschlägen die vier Typen, die jetzt auch angekommen waren und aus ihrem Sedan spritzten, zusammenschlagen war für den Kommissar ein außerordentliches Vergnügen. Aber was war das? Einer der vier Typen zog jammernd einen Personalausweis aus der Jacke, als der Kommissar mal gerade ihn nicht traf mit der stählernen, soeben noch operierten Handkante. »Herr Kommissar, wir sind Deutsche, zu ihrem persönlichen Schutz hierhingeflogen. Bitte hören sie auf uns Schmerzen zuzufügen, Herr Kommissar Schenedier!« Das hätte er nicht sagen sollen! Der Kommissar merkte sofort, der Ausweis ist eine Fälschung, und der Typ kann kein Deutscher sein, denn er hatte den armen Schneider völlig falsch buchstabiert. Zack, ein unbarmherziger Schlag auf das Nasenbein. Es brach sofort in tausend Stücke. Jetzt konnte der Kerl fluchen – und zwar auf Italienisch! Natürlich: Mafia! Die Mafia auf dem Hals. Was für einen schönen Tod hatten sie sich denn wohl für Kommissar Schneider ausgedacht, diese Schulbuben? Vielleicht einen Vertrocknungstod in der Steppe. Der Kommissar an einen Pfahl gebunden, zehn Zentimeter entfernt eine leere Dose Sprite. Und die Sonne tut ihren Rest dabei! Wahnsinn. Jetzt war es umgekehrt: Mit behenden Fingerchen schnürte der Kommissar die vier zu Paketen mittels seines Tesafilms, der für solche Zwecke immer in seiner Hosentasche wartet, und legte sie in den Kofferraum ihres Angebersedans. Er ließ den Deckel jedoch geöffnet wegen der Geier. Sie sollten einen leckeren Schmaus erhalten, so außer der Reihe. Der Kommissar lockte die Geier an, indem er sich tot stellte und einfach lächelnd in den rohen Sand legte. Da kam auch schon der erste angeflogen, er leckte sich den geifernden Schnabel, da der zweite! Eine ganze Horde kam herbei. Und auch Schakale! Jetzt mußte der Kommissar handeln, er sprang auf und wies den Tieren mit Hilfe von Armgeruder den Weg zum Kofferraum. Die Schreie der vier Ganoven waren unüberhörbar, als sich die Geier über ihre Armani-Anzüge hermachten. Der Kommissar sah sich das Schauspiel eine Zeitlang an, um sich abzuhärten, das gehört ja auch zu seinem schwierigen Beruf, Abhärtung und Überspielen von Schockgefühlen. Absoluter Profi, der Kommissar: er konnte lange hingucken, ohne den Typen zu helfen, obwohl sie wohl ihn mit ihren Hilferufen meinten. Ja, der Kommissar lächelte sogar ein wenig. Die Schakale leckten bereits an den Socken und Gebeinen der Räuber, als die Sonne untergehen wollte. Die Geier waren supersatt. Jetzt kam die Zeit für die Madenhacker. Es war aber kaum noch was über, so wollten sie mit fragenden Blicken den Kommissar anhacken, aber er schlug mit einer mitgebrachten Fliegenklatsche um sich, daß den Vögelchen angst und bange wurde. Sowas hatten sie noch nicht erlebt. Gekränkt zogen sie ab, allein.

Ein kleines Schläfchen vielleicht? Müde war er schon. Na ja, ein paar Minütchen.

III

Es war soweit. Der Wecker schellte. Ein Tischchen stand in der kleinen Küche bereit, wegen dem Frühstück. Ansonsten war das Hotel, in dem Kommissar Schneider sich aufhalten mußte in Fez, der Hauptstadt, Scheiße. Gardinen gab es überhaupt nicht, so daß die Sonne um 5 Uhr morgens unbarmherzig in des Kommissars Gesicht tropfte. Heißer Raum mit schäbigen Tapeten. Kommissar Schneider taumelte ins Badezimmer, um sich hart zu rasieren. Er nahm das Bowieknife (Er hatte es aus Dresden aus Karl Mays Villa mitgehen lassen, als sie mal mit der Schulklasse dorthin einen Ausflug unternommen hatten. Hans, sein ehemaliger Klassenkamerad, war damals auf dem Fensterbrett ausgerutscht und 40 Zentimeter weit auf die Nase gefallen. Das macht 1,6 qm.) und schnitt sich damit die Stoppeln weg. Unter der Nase mußte er aufpassen, Schorf, vom Schnupfen. Trotz der Hitze ein Schnupfen, wegen dem Motorradgefahre. In der kleinen Küche wartete schon der Aufsichtsbeamte auf den Kommissar. Er mußte seine Zimmernummer sagen. »304!« Der Beamte hakte den Kommissar unter und führte ihn zu dem Tischchen. Der Kaffee war kalt, überhaupt nicht gut. Wie zu Hause. Kommissar Schneider ließ sich das nicht anmerken. Außer einem verstohlenen Blick auf seine Schenkel, denn er schlabbert. (Wir wußten es noch nicht, es stand nicht in den letzten Büchern.) Die Zeitung war vergeben, ein Engländer hatte sie sich unter den Nagel gerissen. Die Schlagzeile fiel Kommissar Schneider aber sofort ins Auge: »Deutscher Kommissar hier! Er ermittelt wahrscheinlich in einer geheimen

Sache! Hier das Foto von ihm – dann ein schlechtes Foto, unscharf im Vorüberrasen auf seinem Motorrad geschossen, von ihm selber, mit Selbstauslöser. Er hatte die Kamera hinter einer Sphinx postiert gehabt und die Linse gab nur einen kleinen Teil des Motorradvorderrades preis. Dazu Gegenlicht. Der Engländer mußte ihn erkannt haben, denn er bestand auf einem Autogramm von Kommissar Schneider: »Please, for my woman. Her name is Kassandra!« Kommissar Schneider ließ sich nicht beirren! Kassandra! Der Name sagt doch alles! »Sie sind verhaftet, sie Hochstapler!« Erstaunt mußten die Hotelbediensteten dem Kommissar dabei helfen, wie er den Engländer der hiesigen Polizei übergab: »Hier, habt ihr ihn. Laßt ihn nicht freipressen. Er stapelt so einiges, meine Herren. Abführen!« Die Polizeibeamten schubsten den Engländer vor sich her, er trug jetzt ein Holzbrett um den Hals, in das für die Hände zwei kleine Öffnungen links und rechts eingesägt waren. Es stammte noch aus der Zeit des Königs Herodes, aber das interessierte den Kommissar nicht, es sollte ja nur seinen Zweck erfüllen.

Nach dem Frühstück schwamm der Kommissar ein paar Runden in dem dafür vorgesehenen Swimmingpool. Plantschen war sein Hobby. Es stammte aus seiner Kindheit, die nicht sehr rosig verlief. Beide Eltern mußten hart arbeiten, um den kleinen Kommissar zu füttern, denn er fraß wie ein Scheunendrescher. Morgens zwei Koteletts mit Kartoffelsalat, dann nachher so um Viertel nach sieben zum Frühstück eine klare Kloßbrühe und dann Pommes mit Ketchup und Majo. Dazu eine ganze Familienflasche Cola und anschließend ein Butterbrot mit Stinkkäse. Dann Sauerkraut oder Brezeln mit Senf, manchmal auch nur einen rohen Wirsing, den er sich

erster Schultag von
little Kommissar Schneider.

von seiner Mutter weichkauen ließ. Alles das mußte frisch sein und soeben gekauft. Auf dem Markt. Die Mutter lief sich die Hacken krumm, und der Vater soff sich um den Verstand. Die Getränkefirma, die die kleine Familie täglich belieferte, machte im Kriegsjahr pleite, so daß weniger Getränke im Haus waren nachher und außer Haus getrunken wurde. Im Alter von zwei Jahren mußte der Herr Kommissar Schneider schon für seine Eltern aufkommen, er ging einer regelmäßigen Arbeit nach. Deshalb ist es ihm auch heute vergönnt, irgendwann mal eine kleine Rente zu bekommen, wahrscheinlich eine zweistellige Summe. Das Hotel übrigens kostete Tausende von Rupien, eine Währung, die die sich selber ausgedacht haben da unten im Orient. Es gibt auch Sultane in diesen Ländern, Männer, die einen dicken Turban tragen und den Kopf trotzdem geradehoch tragen und befehligen, daß ihnen Frauen die Schuhe bohnern.

Oh, da schellte das Handy von Kommissar Schneider, er hatte jetzt ein Handy, wie alle Kommissare. Er hatte es im Fernsehapparat gesehen und für das gesamte Präsidium etliche Marken bestellt. Jetzt hatte auch der kleinste Bulle eins von diesen quietschenden Terrorgerätschaften – zusammen mit dem Gummiknüppel, der, wie wir wissen, ja aus gehärtetem Stahl besteht, und der Dienstwaffe, die ständig am Gürtel hängt oder in dem Halfter, das Kommissar Schneider unter den Armen zwickt, eine schöne Sache.

»Hallo, ist da Kommissar Schneider?« – »Nein, sie haben sich verwählt!« – »Oh, Entschuldigung! Auf Wiedersehen!« – »Auf Wiedersehen, Herr Hauptwachtmeister Schrader! Bis bald!« Kommissar Schneider schaute sich ein wenig unsicher um, ob jemand das geheime Telefonat mitangehört hatte.

Zwei dunkle Augen musterten ihn unter einer Hängematte heraus. Mehr konnte er nicht erkennen. Hatte sich dort unter der Hängematte am Rande des Pools ein Scheich verschanzt? Und wenn schon, er mußte so tun, als wäre dort niemand gesehen worden.

ANMERKUNG: Die Geschichte geht folgendermaßen: Kom. Schn. ist einem geheimnisvollen Mann auf der Spur, der in der Schweiz einen Bernhardinerhund umgebracht hat. Dieser Mann muß aus dem Orient kommen, denn man hat am Tatort ein Goldstück gefunden, eine Sonnenbrille, ein weißes Bettlaken und eine leere Dose Öl. Außerdem zwei Frauen, die keiner versteht und ein Paar brillantbesetzte Pantoffeln. Das Motiv, wie sich später herausstellt, ist dieses: Der Scheich war 1976 auf Urlaub in der Schweiz gewesen, Ski fahren. Eine Lawine hatte ihn unter sich begraben, und er wurde gerettet. Retter war dieser Bernhardinerhund. Doch kurz nach der Rettung bekam der Scheich eine Hundehaarallergie. Auslöser: Der Bernhardinerhund! Er will sich Jahre später rächen und fährt unter Umständen in die Schweiz, um den Hund zu töten. Es gelingt ihm, doch er hat nicht mit Kommissar Schneiders Spürnase gerechnet. Er wird auf einer Party dingfest gemacht!

IV

Als Kommissar Schneider die Treppe zu seinem Zimmerchen hochkam, raunte ihm die Putzfrau im Vorübergehen etwas zu: »Alles in Ordnung, Herr Kommissar, die Bettdecke ist entsorgt.« Der Kommissar hatte nämlich bei seinem abendlichen Brei ein wenig geschlabbert. Die Zitronensäure hatte die Bettdecke total zerfressen. Es sollte wohl ein Anschlag auf den Kommissar gewesen sein, inszeniert vom Koch des Hotels. Aber der Kommissar hat einen Kuhmagen, er merkt natürlich, wenn ihm jemand das Essen vergiftet hat, doch ißt er es meist trotzdem, um denjenigen zu erschrecken. Und so war es auch jetzt – der Koch kam wie zufällig aus dem Aufzug und bekam große, dunkle Kulleraugen, als er den Kommissar so lebendig vorüberschreiten sah. Im Zimmer roch es gut nach Veilchen.

Der Duft aus der Flasche der Putzfrau animierte den Kommissar, seine Frau anzurufen. Es meldete sich nur der Anrufbeantworter, weil seine Frau wahrscheinlich mit dem Feinmechaniker von gegenüber ein Tête-à-tête hatte. Was sollte es sonst bedeuten, wenn seine Frau immer wieder den Namen dieses Mannes mit Lippenstift auf ihre Nubuklerdertasche schreibt. Sie mußte mit ihm ein Verhältnis haben. Der Kommissar wußte es seit langem, er will später etwas dagegen unternehmen. Vielleicht einen Detektiv auf die beiden Turteltäubchen ansetzen. Oder ihr ein weiteres Kind machen, aber mit den Originalgesichtszügen des Feinmechanikers, so daß die Frau Kommissar Schneider sich in die Enge gedrängt fühlen muß und die Affäre zugibt, damit der

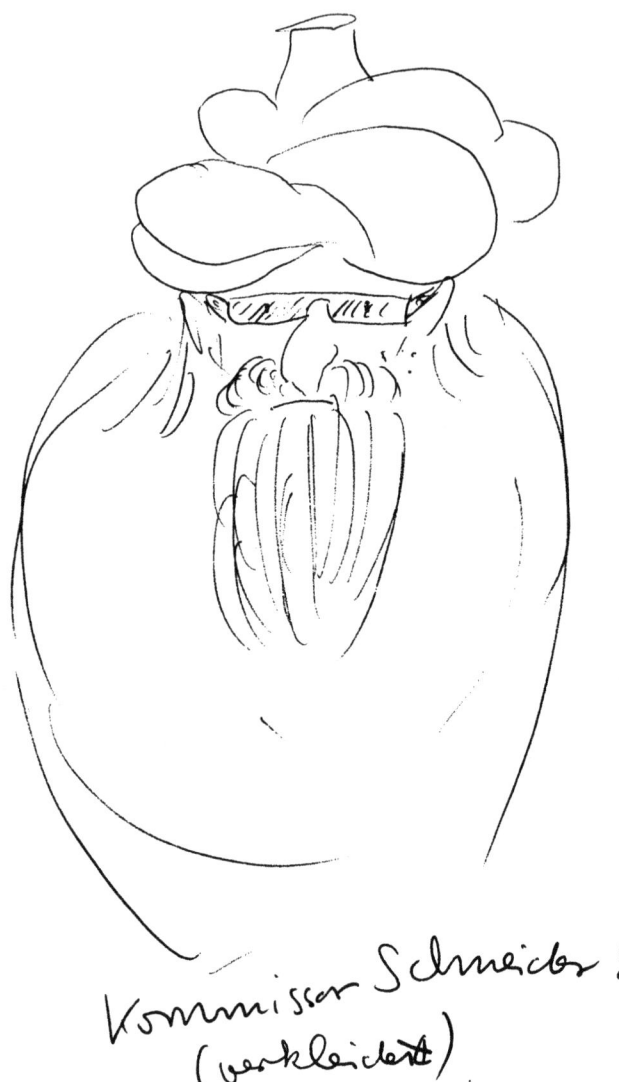

Kommissar Schneider!
(verkleidet)

Kommissar Genugtuung hat und eine Stammesfehde anzetteln kann. Bei diesem Gedanken wurde ihm ganz übel, wir sind doch hier nicht bei den Hottentotten, dachte er so bei sich und hörte auf, darüber nachzudenken. Schnell die weißen Laken um und einen Turban aufgesetzt, dann noch den Bart angeklebt und eine dicke Sonnenbrille auf die Nase. Die Pistole ließ er unter der Matratze zurück, als er mit spitzen Fingern die Türe zum Flur öffnete und leise hinter sich schloß, um unbemerkt die Feuertreppe hinter dem Aufzug aufs Dach zu nehmen. Oben schwanden ihm fast die Sinne, so heiß war es da auf dem Dach. Er machte sich über ein paar zusammengebaute Dächer aus dem Staub. Keiner sollte wissen, daß der Kommissar Schneider nicht auf seinem Zimmer war. Das ›Bitte-nicht-stören‹-Schild sorgte sicherlich jetzt bereits für Unruhe. Er hatte es in Ermangelung eines dieser Schilder selbst gemalt und an die Klinke gehängt. Die Bediensteten des Hotels lungerten wahrscheinlich schon vor der Tür herum, ob denn jetzt bald mal jemand rauskommt und das Schild wendet, damit endlich geputzt werden kann. Ein zweites Mal, denn die erste Putzfrau war eine Attrappe, von der Polizei in Deutschland. Sie klapperten mit ihren Kehrblechen und Getränkewägelchen vor des Kommissars Tür, doch niemand beschwerte sich aus dem Zimmer. Nach endlosem Warten von zirka zehn Minuten hielten es die Putzkräfte nicht mehr aus, sie stürmten in das Zimmer des Kommissars hinein und begannen sofort den Staubsauger brüllen zu lassen. »Oh, Entschuldigung!« rief jemand mal so im voraus, doch enttäuscht mußten die Leute nach einer Weile feststellen, der Kommissar war ja überhaupt nicht da!! Das wird an der Rezeption nachher aber gesagt werden! Das Schild hätte auf alle Fälle umgedreht werden müssen! So geht das doch nicht! Diese Touristen!

»Guten Tag, Herr Kommissar Schneider, einmal wie immer?«
»Bitte sprechen Sie mich mit meinem Geheimnamen an,
Dr. Hans-Guenther Carmen de la Frontera, bitteschön. Ich
nehme mit vier Zucker, entgegen meinen sonstigen Ange-
wohnheiten, Sie verstehen, Madame. Und ein halbes Kartof-
felcroissant mit Schokoladenfüllung.« Der Kommissar setzte sich verunsichert, weil ihn die Serviererin erkannt hatte,
obwohl er Scheichkleidung trug, auf einen Stuhl bei einem
kleinen Tischchen. Hier wollte er eine Zeitlang sitzen bleiben, mal sehen, ob ihn jemand erkennt, denn dann wäre
seine Verkleidung scheiße. »Guten Tag, der Herr Kommissar
Schneider, wie geht es Ihnen?« grüßte ihn eine Frau im Vorbeigehen, wartete aber seine Stellungnahme nicht ab und
verschwand. »Ah, der Herr Kommissar«, ein Industriekapitän
wollte sich sogar neben den Kommissar setzen. Der Kommissar sprang auf und simulierte einen Wutanfall, wie es
die Scheiche so gut können. Er spannte dabei sein Gesicht
zu einer Art Plastikball auf. »Oh, Entschuldigung, Sie sind ja
dann wohl doch nicht der Herr Kommissar Schneider, mein
Herr, ich verstehe. Auf Wiedersehen.« Mit einem Anflug von
Lächeln ging der Industrielle weiter. Hatte er den Kommissar erkannt? Der Kommissar setzte sich wieder und wurde
nachdenklich. Eine riesige Falte trat auf seine Stirn, beinahe
eine Kellerfalte. Vielleicht mußte er sein Kostüm doch noch
einmal überdenken.

Zwei Meter tief hatten sie das Loch gegraben, nun sollte
der Leichnam da hinein. Doch bevor er nicht ganz tot war

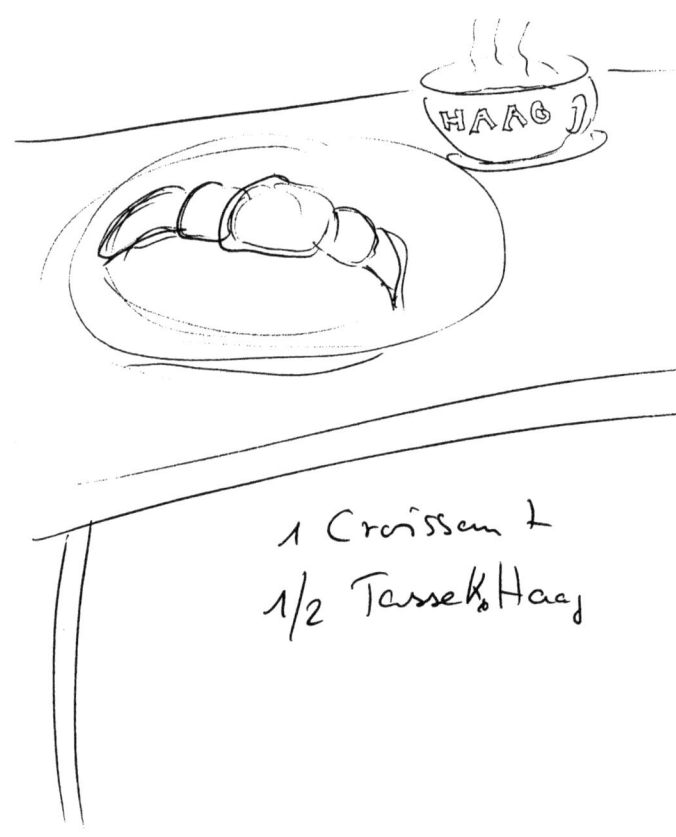

1 Croissant
1/2 Tasse Kₒ Haag

oder sich zumindest totstellte, sollte der Pastor glauben, er hätte es mit Amateuren zu tun. Weiße Lilien steckten in einer überdimensionalen Vase aus Bakelit. Der Tierarzt verabreichte dem Bernhardiner einen Trank, es handelte sich um Schnepfenwasser, ausgepreßte Schnepfen. Ja, so sind die Italiener, Vögel bedeuten ihnen nichts. Der Bernhardiner wedelte mit dem Schwanz. Plötzlich ging die Tür auf, und jemand ermordete den armen Hund, es ging blitzschnell. Die kleine Trauergesellschaft war ein Arrangement der Firma: »Gute Beerdigungen mit Stimmung und Sekt«. Aber warum gerade der Hund? Und wie wollte jemand vorher wissen, wer stirbt? Und wer war der Fremde, der mordend ins Zimmer stürmte? Komisch. Der einzige, der nichts wußte, war der Pastor, er tat nur seinen Job. In der Schweiz ist es so. Also sprach er den dafür vorgesehenen Psalm für tote Hunde. Obwohl Jesus ja nicht viel für Tiere überhatte, brachte dieser Pastor es jedoch fertig, in der Bibel ein paar Zeilen extra für Bernhardiner dazuzuschreiben, weil diese Hunde ja im Gebirge bei Lawinen Menschen retten, und die sind ja nach dem Gesicht von Gott dem Herrn gesägt. Als der Hund hinabgelassen war und die Leute den Friedhof verlassen hatten, widmete sich der Pastor seinen Tagesgeschäften – Haare schneiden und Nägel lackieren lassen, beim Studio gegenüber der Kirche. Er bezahlte das Studio mit den Kollekten, die arme Omas ihm in den Klingelbeutel gegeben hatten beim letzten Gottesdienst. Von demselben Geld unterhielt er noch eine Yacht im Pazifik und einen Edelpuff in Moskau. Aber das nur nebenbei.

Folgende Personen traten in der Flughafenhalle vor den großen Überseekoffer der Operndiva aus Amerika: ein Pärchen
aus Frankreich, das hier seinen Urlaub verbringen wollte, ein
Windhund, der gerade aus der Hundebox gekrochen war, in
der er sechs Stunden im Kühlraum der Boing 747 verbracht
hatte, ein Stewart, der unachtsam in sein Baguette biß, und
die gesamte Familie Bornemann aus Hamburg. Eine Stimme aus dem Lautsprecher rief eine Nummer auf. Kommissar
Schneider lehnte hinter einem Zeitungsständer und tat so,
als wolle er sich eine Sunday Times kaufen. Er trug jetzt die
Uniform einer Fluggesellschaft. Diese hatte er einem Piloten ausgezogen, der dummerweise mal mußte. Kommissar
Schneider hatte sich auf dem Klo des Flughafens verschanzt
gehabt, und als der Pilot reinkam, schmiß er sich mitsamt
seiner Scheichtracht über den wehrlosen Flugoffizier und
knebelte ihn noch im Fallen. Dann tauschte er mit ihm die
Klamotten. Der Pilot wird ein ganzes Wochenende auf dem
Klo verbringen müssen, denn es war Wochenende, und die
Putzkolonne schloß gerade die Toiletten ab. Jetzt stand der
Kommissar so da und wußte wirklich nicht, was er eigentlich
im Nahen Osten sollte, er war aus reinem Instinkt hierhin
geflogen. Er wollte einen ihm bislang unbekannten Fall lösen. Ja, vielleicht war noch gar nicht einmal etwas passiert,
was ihn auf den Plan hatte rufen können? Rauchen hatte er
sich abgewöhnt, und er kaufte sich schnell noch ein Bounty,
bevor er professionell durch die Schranke ging, die Sicher-
heitsbeamten kurz mit einem jovialen Seitenblick grüßte und

aufs Flugfeld schritt, in Richtung irgendeiner x-beliebigen Maschine, die erste, die ihm gerade vor die Nase kam. Er hatte auch das Gefühl, es muß mal was passieren. Da dachte er bei sich: Ich flieg mal ne Runde.

»Guten Tag, hier spricht der Kapitän. So, wir fliegen los, keine Angst, das ist die ungefährlichste Maschine der Welt. Und nun haben sie bitte Spaß an den Pirouetten und Loopings, die ich ihnen hier umsonst einmal vormachen will. Bitte unbedingt anschnallen, es geht los.«

Die erste Stewardeß machte einen Hops, als der Kommissar Schneider den Steuerknüppel hoch vor sich hinriß und das Gaspedal voll durchtrat. Ein Steilflug in 40 Sekunden auf die Flughöhe von 12000 Meter. Ihm wurde fast schwarz vor Augen, als er das schwere, vollgetankte Passagierflugzeug zu einem geschweiften Looping in die Knie zwang. Die Passagiere waren bereits ohnmächtig. Die, die sich nicht angeschnallt hatten, klebten an der mit Styropor vollgestopften Flugzeugdecke. Dann, als die Maschine im Steilflug hochraste, fielen sie in den Rumpf. Der Passagier jedoch, der gerade auf dem Klo saß, als der Kommissar loslegte, meinte, sein Stuhlgang wäre wohl mal einen Arztbesuch wert. Nach einer Stunde hatte der Kommissar keine Lust mehr. Er ging weg, zog sich einen Fallschirm über und sprang, während die Maschine automatisch ihr Zuhause aufsuchen mußte, mit wehenden Haaren über seinem Hotel ab. Keiner hatte ihn bemerkt. Er raffte den Fallschirm zu einem 20 mal 20 cm dicken Paket zusammen und warf ihn in den Kamin. Dann riß er sich die Abzeichen von der Uniform und sah aus wie immer.

Über den Fenstersims drang er in sein Zimmer auf der Südseite ein und setzte sich vor den Schreibtisch, zog ein Schloß auf und nahm ein Buch heraus. Es klopfte. »Herein!« Er hatte vergessen: als er ging, hatte er kurz vorher eine Suppe aufs Zimmer bestellt. »Guten Tag, Herr Kommissar Schneider, ihre Suppe. Es hat etwas länger gedauert, wie immer.« – »Ja, ja, danke, stellen Sie sie da hin, ich esse sie sogleich.« Doch der Zimmerkellner wollte wohl noch Trinkgeld, deshalb stand er mit freundlichem Gesicht sehr lange noch auf der Stelle und streckte die hohle Hand aus. »Es gibt kein Trinkgeld, hören Sie. Ich bin bekannt dafür, kein Trinkgeld zu geben, Sie abartiger Bettelmönch, Sie Handaufhalter. Dafür gibt es allenfalls eins auf das Freßbrett, Junge. Hier, nimm dies!« Und der Kommissar sprang ihm förmlich ins Gesicht, mit gestrecktem Bein ließ er seine Wut an dem Roomservice aus. Danach fühlte er sich besser, er hatte heute etwas Sinnvolles erledigt.

VII

Im Fernsehen kam nichts Gescheites, außer ein Quiz, wie es der Kommissar immer so gerne sieht. Aber leider in Arabisch, und das kann der Kommissar nur flüchtig. In der Suppe befand sich eine goldene Schatulle. Jemand mußte sie herein gelegt haben. Wahrscheinlich in der Küche. Oder im Vorbeigehen des Zimmerkellners im Flur. Kommissar Schneider öffnete die Schatulle. Ja richtig, eine geklaute Perlenkette. Er nahm sie hoch und zählte die Perlen. Es waren 46 Stück, und sie waren auf jeden Fall echt, denn sie rochen noch nach Muscheln.

Sollte es eine Anbiederung sein? Vielleicht, daß jemand ihn bestechen will, in diesem Land nicht zu ermitteln? Der Kommissar sprang auf, warf sich in den hellbeigen Übergangsmantel, denn ein Gewitter wollte heraufziehen, die Regenzeit begann, er friemelte die Perlenkette in die linke Tasche und rannte die Hoteltreppe herunter, an der Rezeption vorbei. Der Concierge guckte gerade nach unten. Er sprang in einen vor dem Hotel wie zufällig geparkten Kombi. Der Schlüssel steckte. Aha! Der Kommissar hütete sich, den Schlüssel herumzudrehen, das wäre ja wohl zu einfach! Sie hatten den Wagen präpariert! Eine Bombe! Schnell, mit einem Hechtsprung durch die Scheibe in die Palme, die die Auffahrt verschönerte! Und da hingestreckt und abwarten! Eine Oma kam mit zwei dicken Einkaufstaschen, setzte sich in ihren Kombi, drehte den Schlüssel rum, und dann geschah eine Explosion. Das Hotel krachte zusammen, und die Oma ging senkrecht im Auto hoch und durch das Schiebedach, fiel gesund auf die vorher beschriebene Palme, und alle Leute, die sich zu diesem Zeitpunkt im Hotel versteckt gehalten hatten, waren nun zu sehen, denn das Hotel gab es nicht mehr, es war weg. Die Leute standen da jetzt rum, und man konnte sehen, was man vorher wegen der Wände nicht sehen konnte. Doch ihnen ging es anscheinend allen gut! So war die Bombe nicht sehr schlimm gewesen, doch der Hotelbesitzer hat jetzt keine Arbeit mehr. Merkwürdig war allerdings, daß er bereits in einer Ferienhose mit einem gepackten Rucksack in der ehemaligen Hotelhalle stand. Der Kommissar Schneider hatte sofort begriffen, daß er schon eine geraume Weile gefilmt wird. Die Leute, die ihm im Hotel begegnet waren in den letzten Tagen, waren alles Statisten! Und auch er hatte nur eine Statistenrolle, denn der eigentliche Star kam jetzt um die Ecke: angekündigt von einem Motorradballett folgte ein offener Luxuswagen, und in ihm saß Papst Pius der 16. Er machte zufälligerweise Urlaub in Arabien und wollte nachher noch in den Jemen, da hat er ein kleines Ferienhaus am See. Kommissar Schneider verbeugte sich, weil er diesen Papst irgendwoher kannte, vielleicht aus dem Brockhaus? Er schaute an sich herunter und bemerkte ein paar Flusen auf seinem schönen Mantel. Doch sollte er die Flusen nicht lieber mit einer Lupe untersuchen, bevor er voreilige Schlüsse zieht? Das genau tat er nicht, und es wird ihm nicht guttun, das kann man bereits jetzt schon voraussagen. Da fielen ihm die Perlen noch einmal ein, 46 Stück an der Zahl. War er nicht 46 Jahre alt? Hatte das zu bedeuten, es ist eine Warnung? Daß er nicht älter wird als 46? Es kann aber auch was Gutes bedeuten: nämlich er wird nicht älter als 46, sondern sieht immer gleich jung aus! Positiv thinking!, dachte sich der

Kommissar Schneider und winkte dem Papst freundlich zu. Daraufhin guckte die Frau vom Papst aber ziemlich eifersüchtig, und sie knallte ihrem Mann sogar eine, als der einer Blondine mit dicken Titten hinterherguckte, die ihm einen Schmollmund machte. Ja, ja, auch ein Papst kocht nur mit Wasser, meine Herren. Es war ja auch nur ein Schauspieler, dachte der Kommissar bei sich und ging noch einmal in sein Zimmer hoch, um seine restlichen Sachen mitzunehmen, denn das Hotel gab es nun nicht mehr.

VIII

»Guten Tag. Bitteschön?« – »Ich hätte gerne ein viertel Pfund Salami und die Butter da.«

Der Kommissar kaufte ein. Der Basar war voll mit Menschenmassen. Alle sahen aus wie gemalt, nur der Kommissar stach heraus mit seiner vornehmen Blässe. Trotz des Wüstenwetters war seine Haut nicht gewillt, die Urlaubsbräune, die er sich zu Hause schon vorab im Sonnenstudio geholt hatte, zu behalten. Der Streß machte dem Kommissar zu schaffen. Ein immerzu Kommen und Gehen auf diesem Markt der herrlichen Kleinigkeiten. »Und Paprika!« – »Dafür sind wir nicht zuständig! Paprika gibt es an diesem Stand da vorne!« Der Kommissar wendete sich von der Metzgerstheke ab und steuerte auf eine Gemüsebar zu. Da stellte ihm ein urplötzlich aus dem Nichts gekommener Schulbub ein Bein, ein zweiter schubste ihn noch einmal derb, und ein dritter haute dem Kommissar wie zufällig einen 20-Liter-Benzinkanister auf den Kopf. Doch der Kommissar hat einen Holzkopp, und blitzschnell zog er dem ersten die Beine weg, schleuderte ihn durch die Luft, hielt ihn aber dabei fest und benutzte ihn als Waffe gegen die übrigen Täter. Er drehte sich mit ihm lustig im Kreise. Um ihn herum war eine riesige Blutlache, als er den entkräfteten herumgeschleuderten Schüler endlich fahren ließ und dieser mit heraushängender Zunge über die netten bläulich schimmernden Pflastersteine rutschte, seinen Freunden in die ausgekugelten Arme. Doch so etwas war wohl auf dem Basar an der Tagesordnung, so daß der Kommissar Schneider sich nur eben den Ärmel abrieb und weiter

einkaufte. »Und dann noch Bananen, die da vorne, bitte!«
Die Schüler waren von einer weiterführenden Schule und
hatten eine Freistunde gehabt. Da machen sie immer Mist.
Es hatte also keinen auf den Kommissar speziell abgestimm-
ten Hintergrund, das hatte der Kommissar schnell herausge-
funden. Also kümmerte er sich keine zwei Sekunden mehr
weiter um die Jungs.

Dann ging er ins Autogeschäft an der Ecke. Er kaufte sich
ein Auto, weil die Leihgebühren so hoch sind, daß man sich
bald selber ein ganzes Auto dafür kaufen kann. Und später
wollte er das Auto dann mit nach Deutschland nehmen und
da gewinnbringend verkaufen. Die Autos hier waren nämlich tausend Mark billiger im Einkauf. Er nahm ein grünes,
tolles Auto ohne Markennamen, dann fuhr er los. Die Straße
wurde von Zeit zu Zeit von einer Horde Gnus überquert auf
Nahrungssuche. Der Kommissar hielt einmal an und hielt
den Gnus eine Möhre hin. Die war schnell zerfleddert, und
ein Gnu wollte den Arm des Kommissars ablecken. Doch der
war kitzelig und fühlte sich bedroht. Er sprang schnell wieder
in sein Auto und fuhr weiter.

Der Abend kam mit Riesenschritten. Die Bewölkung war
kumulusmäßig, ein Sportflugzeug näherte sich seinem Han-
gar. Der Propeller setzte plötzlich mehrmals aus, und dann
brach das kleine Flugzeug in zwei Teile, fiel vom Himmel
wie ein Stein. Der Pilot entkam mit dem Schleudersitz dem
Inferno. Zufällig schlug das Vorderteil der Maschine vor des
Kommissars quietschendem rechten Vorderrad auf. Kommissar Schneider sprang aus dem Auto und half! Aus dem
Wrack erscholl Gewimmer! Der Kommissar riß einen Flü-
gel mit der bloßen Hand ab und konnte so in das Flugzeug

hineinsehen: es sträubt sich die Feder, fortzufahren! Seine Frau saß in dem Flugzeug, ihr Haarteil hing daneben im Baum und tanzte fröhlich im Wind! Musik setzte ein, und dem Kommissar wurde schwindelig, als ein Chor plötzlich in der Wildnis stand, sie sangen »Happy birthday to you, lieber Herr Kommissar Schneider!« Da hatten sie gerade noch gestanden! Aber nun? Weg! Das kann doch wohl nicht wahr sein! Und in dem Flugzeug erschall eine mächtige Stimme aus dem Rumpf: »Vater! Vater! komm heraus!« Kommissar Schneider hatte so etwas noch nicht erlebt. Er guckte erneut in das Flugzeuginnere hinein. Da lehnte jemand von innen an der Außenhaut des Learjets, und aus dem Dunkeln kam ein uralter Greis ans Tageslicht. Er kletterte über Frau Kommissar Schneider drüberweg, die das ohne Murren geschehen ließ, und auch sonst war sie nicht sonderlich nervös und trat aus dem Wrack auf den brennenden Sandboden der Wüste. »Guten Tag, ich darf mich kurz vorstellen, Herr Kommissar Schneider, mein Name ist Vater Morgana! Sie verstehen? Vater Morgana!« Und in diesem Moment klickte es wie bei einem kleinen Kurzschluß im Sicherungskasten, und das Flugzeugteil mitsamt den Leuten und dem Chor und dem alten Herrn Morgana war wie weggeblasen! Der Kommissar schlug sich erkennend auf die Stirn! »Natürlich, es stimmte gar nicht, was ich soeben erlebt habe! Es war eine dieser vielbeschriebenen Vater Morganas, die gegen Abend in der Wüste an der Tagesordnung sind!« Ein Eseltreiber kam dem Kommissar entgegen und wollte durch ihn hindurchschreiten. Zu spät bemerkte er, daß der Kommissar keine Vater Morgana war, und sie rempelten sich gegenseitig an. »tschuldigung, ich dachte, sie wären gar nicht existent! Auf Wiedersehen!« sagte der Mann und ließ den Kommissar mit seiner sorgengefalteten Stirn ganz alleine zurück. Es wurde dunkel. Hyänen heulten in der Nähe. Der Kommissar mußte weiter, er hatte einen Termin, den er sich selber ausgedacht hatte.

Mitten auf dem Fußballplatz lag der Ball. Mutterseelenallein. Kein Spieler kümmerte sich um ihn. Ihm wurde zunehmend langweiliger. Dies geschah in einer Kleinstadt in Deutschland. In genau derselben Stadt, in der Kommissar Schneider sein Auskommen als Kriminalkommissar hatte. Kein Wunder, daß heute keiner auf dem Platz war, es war ein fürchterliches Unwetter, und wer will schon gerne im Unwetter über den Platz hecheln, nass, kalt und niesend. Den Ball hatten sie wohl irgendwann bei einem letzten Spiel vergessen. Er war bereits dunkelbraun, das schöne Weiß und Schwarz war einfach weggetreten, nun war er nur Wildleder. Auf dem vom Regen braunen Matsch des Platzes, es war kein Rasenplatz, wirkte er so, als hätte er schon Ewigkeiten da gelegen. Leicht zerknautscht. Gras wuchs um ihn herum, ein paar Halme. Die Frau Kommissar saß zu Hause vor dem Fernsehapparat und strickte. Wie mochte es wohl ihrem geliebten Mann ergehen? Ob er bald mit Triumph in die Heimat zurückkommt und vielleicht befördert wird? Ob sie dann ein neues Kleid bekommen kann von dem gestiegenen Gehalt? Gedanken quälten sie. Sie aß Nüsse.

... Mitten auf dem
Fußballplatz
lag der Ball ...
mutterseelenalleine.

Das Auto des Kommissars bog in einen Pyramidenweg ein. Die Pyramide lag rechts und war total hoch. Wie viele Sklaven hatten wie viele Steine in unglaublicher Größe zu dieser Pyramide in unglaublichem Durchmesser geformt? Es gibt Wissenschaftler auf der ganzen Welt, die das wissen. Sie interessieren sich für solche Sachen, aber auch der Kommissar hatte ein Faible gerade für Pyramiden. Er stellte seinen Wagen ab und ging in der sich bald einstellenden Dunkelheit den Rest bis zum Eingang der Pyramide zu Fuß. Da angekommen, kramte er aus seinem Mantel eine Taschenlampe heraus. Hektisch mit rötlichen Flecken im Gesicht stieß er in das prächristliche Bauwerk vor. Professor Heinrich Schliemann hatte hier mal wieder sehr, sehr viele Spuren hinterlassen. Zerknülltes Butterbrotpapier, leere Sprudelflaschen, einen kaputten Butangaskocher und eine wahrscheinlich noch funktionierende Heizung, die den Wissenschaftlern nur zu schwer geworden war, man braucht ja im Orient kaum heizen. Eine einfache Heizspirale hätte es auch getan, schoß es dem Kommissar Schneider durch den Kopf! Er stakte durch kniehohe Matsche, in der hie und da Toilettenpapier winkte, in Richtung Pyramidenmittelpunkt. Ein kleiner Kompaß verriet ihm, er ist gleich da. Nach ein paar hundert Metern auf allen vieren bescherte sich ihm ein betörender Anblick: ein viereckiger Raum, einfach geschmückt mit uralten Papyrustapeten, in der Mitte des Raums lag eine Mumie auf einem dafür vorgesehenen Tischchen, dessen Beinchen das Gewicht nicht mehr halten konnten, als Luft in den Raum

die Pyramide

strömte. Es war zwar auch Luft vorher dadrin, doch von der Mumie selbst. Die Person, die in Urzeiten zur Mumie aufgearbeitet wurde, mußte damals die Luft selbst anhalten. So überleben Mumien Tausende von Jahren, denn sie sind mit feinem Öl balsamiert. Nicht jetzt Essig und Pfeffer und Salz, Herr Kommissar, nein das nicht! Eine Mumie kann man nicht mehr essen. Der Kommissar schoß ein Foto aus der Hüfte und stellte dann den Selbstauslöser ein, legte die Kamera auf eine Truhe, die mit Gold überquoll, und stellte sich, ehe die Zeit für das Foto abgelaufen war, neben die Mumie. Er guckte aber einen Moment lang nicht hin, und als er sich umdrehte, war die Mumie weg! Spannung lag in der kaum vorhandenen Luft! Und plötzlich roch es nach Bratkartoffeln. Hm, lecker. Der Kommissar ging dem Geruch nach, weil er Appetit bekommen hatte. Wer brät denn hier so schön? Ein Geist? Oder gar der Mumienmann? Der Gang wurde enger. Kommissar Schneider mußte seinen Mantel ausziehen, sonst wäre er nicht weiter vorgedrungen, so eng war es. Und weiter! Das nächste Kleidungsstück, das er über den Kopf streifen mußte, um weiterzukommen, war sein Ringelpullover. Dann seine Hose, wegen dem Gürtel. Auch die Schuhe, sie paßten nun nicht mehr in den Gang. Zum Glück hatte der Kommissar Körperlotion dabei, für alle Fälle, und er rieb sich in Windeseile damit am nackten Körper ein, um, mit den Armen voraus, durch den immer enger werdenden Gang zu glitschen. Doch nun ging nichts mehr, der Kommissar steckte unweigerlich fest! Nein, hier nicht so auf diese Art und Weise sterben, Leute! Nein! Ein ungeheuerlicher Überlebensdrang, hervorgegangen aus dem Überlebenstraining mit Rüdiger Nehberg vom Fernsehen, überkam den Kommissar Schnei-

der, und er nahm alle Kraft zusammen und dehnte seinen
gesamten Körper völlig, das tat er mehrmals und pumpte
dabei die restliche verbleibende Luft aus dem Gang ein, und
dann sprengte er mit einem dumpfen Knall die vor abertau-
send Jahren mit viel Einsatz gefertigte Pyramide in tausend
Stücke. Nur mit seinem gebogenen Rücken riß er die Pyramide von innen auf und war endlich frei! Luft! Nur Luft! Da!
Die Mumie! Spitzzehig tippend hüpfte sie unbehelligt davon!
Eine Mumie! In Freiheit! Der Kommissar errötete lasch. Was
soll er denn jetzt tun? Wie ist es, wenn die Mumie so wie im
Fernsehen für viel Unheil sorgt? Ach du Scheiße! Kommissar Schneider guckte an sich herunter, er war ja nackend!
Schnell, wo sind die Anziehsachen? Unter meterhohen Stein-
trümmern fand er seine Hose und die Schuhe, das Hemd
wehte quirlig im Wind vor einer massigen Gebäudeflucht.
Der Mantel war weg. Die Mumie hatte ihn sich unter den
Nagel gerissen, damit sie nicht auffällt in der Stadt. Kommissar Schneider übernachtete im Auto. Der Mond schien auf
das Autodach, und glitzernd hoben sich die Scheinwerfer-
ringe über dem Wüstenboden ab. Smaragdeidechsen star-
teten einen Versuch, Futter vom schlafenden Kommissar zu
erbetteln, doch der schnarchte wie ein Weltmeister. Deshalb
gingen sie unverrichteter Dinge zurück in ihr Wohngebiet.
Die Klapperschlange, die ein indischer Wanderprediger vor
Jahrzehnten ausgesetzt hatte, schlängelte sich um die Auto-
reifen und verwarf, nachdem sie den Atem des Kommissars,
der sich seit Sonnenaufgang nur einmal die Zähne geputzt
hatte, gerochen hatte, die Idee, sich in der Halsschlagader
des Kriminalisten zu verbeißen. Statt dessen fraß sie den
Zündverteiler auf, und ihr wurde schlecht. Kotzend ging auch

sie nach Hause. Gute Nacht, Kommissar Schneider. Auch der Skorpion im Schuh des Kommissars war müde und verlegte seine Arbeit auf den nächsten Tag.

Am nächsten Morgen ritt der Führer der Karawane mal wieder an der Spitze der Kamele. Er war hochgewachsen, und ein Krummdolch steckte aggressiv in seiner Schlafanzughose. Seine Gesichtsfurchen waren tief von der Sonne gezogen worden, und er stank nach tagelangem, heftigen Ritt. Haschwolken überquerten die einzelnen Personen, die mit ihm hinter ihm her ritten. Es waren Hippies aus ganz Europa, die seit Jahrzehnten durch die Wüste lungerten. Dabei nahmen sie sich, was sie begehrten. Mal hie ein Handtuch zum Abtrocknen nach den stundenlangen Badeorgien in einer x-beliebigen Oase, mal da ein Schnitzel vom Tellerrand eines Touristen. Sie waren vogelfrei. Bunte Hemden steckten in verwaschenen Jeans. Damit die Jeans besser aussahen, hatten sie unter den Knien ausgefranste Löcher reingeschnitten. Aber damit nicht genug: Sie hatten die Gesichter teilweise mit Papiermasken beklebt! Diese Masken waren in Tunesien große Mode zur Zeit, es handelte sich dabei um verschiedene Gesichtszüge, beispielsweise ein Gesicht hieß Papiergesicht »Kevin« zum Aufspannen mittels eines Gummizuges, der hinterm Ohr verklemmt wird. Kommissar Schneider wurde von dem Kamelgetrappel wach. Er schreckte hoch und zog sicherheitshalber erst einmal seinen Schuh aus, denn er wußte, es muß sich ein Skorpion darin befinden, denn das ist üblich. Und tatsächlich, schlaftrunken purzelte der Skorpion aus dem Schuh des Kommissars. Er setzte sich im Auto auf und drehte sich um. Da waren sie schon, diese ungehobelte Horde halbstarker Ganoven, die von ihren Eltern nur spärlich erzogen worden waren. Auf alle Fälle hatte keiner von denen eine ihm wohl guttuende Tracht Prügel des Vaters bezogen. Laut jodelnd umstellten sie des Kommissars Auto. Sie wußten ja nicht, wer da drin sitzt! Und jetzt wurde der Wageninhalt sehr, sehr wütend. Wenn man Kommissar Schneider weckt, obwohl er keinen Wecker gestellt hat und ein einziges Mal mal richtig ausschlafen will, dann muß man sterben!

XII

Aus dem Fenster der bemannten Raumstation konnte der russische Kosmonaut Europa, den Balkan und einen Teil Nordafrikas erkennen. Er saß vor seinem Fernglas und inspizierte den Horizont der Erde. Es waren nur zwei Personen an Bord, ein dritter war unterwegs zur Erde. Weil seine Oma Geburtstag hatte. Es entstand im Laufe der Jahre ein reger Verkehr hier herauf und auch runter zur Erde. Sogar Privatleute kamen, natürlich mußten sie selbst für das Kerosingemisch aufkommen, daß für solch einen Flug ins All nötig war. Im All selber braucht man so gut wie kaum Sprit, die Luft ist so dünn, daß, wenn man das mit einem Auto umrechnen würde, ein normaler Stadtwagen höchstens 0,01723 Liter für zehntausend Kilometer braucht. Jedoch der Start war teuer, wegen der vielen Sachen, die von der Rakete kaputt gemacht werden beim Hochgehen. Ganze Monatslöhne werden zerstört. Der Kosmonaut stellte das Fernglas auf nah. Er drehte dafür an dem Rädchen links von der Apparatur. Jetzt kam die Wüste Genezareth immer näher. Schon konnte man einzelne Städtchen am Rande des Naturspektakels erkennen. Und dann fuhr der Kosmonaut noch näher heran. Ein grünes tolles Auto ohne Markenname malte sich gegen den rohen Sand ab. Und darum eine Horde wilder Gesellen. Plötzlich zerbarst das Auto, und mindestens zwanzig hemdsärmelige, muskulöse Unter- und Oberarme wirbelten wie verrückt um das Auto herum, die Arme gehörten wohl einem einzigen Mann, der zu faul war, aus dem Auto auszusteigen. Die sich wie heulende Kojoten in dem fast undurchsichtigen Staub,

der jetzt aufgewirbelt wurde, jammernd und zusammenge-
schlagen halb bückend, halb liegend dann doch ergeben
wollenden Kerle flehten um Gnade, doch der Kommissar
Schneider schlug weiterhin erbarmungslos zu und zermalmte die Horde noch vor dem Frühstück, so wie sich das gehört.
Dem Kosmonauten standen die Haare zu Berge. Was für ein
Schauspiel! Er wäre fast gegen einen Stern gefahren. Zurück
zur Erde.

Der Kommissar stieg immer noch nicht aus, erst mal ein
Zwischenmahl. Er hatte noch Butterbrote, von seiner Frau
geschmiert vor drei Wochen, in der Manteltasche. Aber der
Mantel war ja geklaut, von der Mumie! Scheiße! Er schaute blöd drein. Hunger. Und nichts zu essen. Da, eine Klapperschlange, hinten auf dem Rücksitz! Nur nicht bewegen,
dachte der Kommissar. Die Schlange riß schon ihr Maul auf.
Und ehe sie sichs versah, putzte sich der tapfere Kommissar Schneider seine Mundwinkel nach einem vorzüglichen
Schlangenmahl à la carte ab. Eigentlich ganz lecker, dachte
er bei sich. Dann gab er Vollgas und ließ die Hippies im
Sand liegen. Die Kamele guckten doof dem Auspuffqualm
hinterher.

Reges Treiben auf dem Boulevard des 22. August. Ein Feiertag, besonders für die Kinder. Der 22. August war der Geburtstag von Effendi Habuk Nubuk, einer der größten Lederhersteller des Orients. Er war bekannt für seine Kinderliebe. Selbst konnte er keine Kinder bekommen, so hatte er im Laufe seines Lebens über tausend Stück adoptiert. Sie wohnten alle auf seinem riesigen Grundstück an der großen Straße nach Norden. Sie heißt Avenue de la Kampagniolo. Wegen der Kampagnen gegen die Rechtschreibung. Auch hierzulande war ein Ruck durch die Gesellschaft gegangen, als es hieß, die verschiedenen Dialekte sollten nun verallgemeinert werden. Aber das ist ja jetzt an dieser Stelle egal.

Kommissar Schneider flirtete mit der ca. 22 Jahre alten Tramperin aus Holland, die er in seinem Wagen mitgenommen hatte. Sie war blond und hatte ausladende Hüften, so wie es der Kommissar mag. Irgendwie wurde sie geil auf den Kommissar, weil der so gut aussah, sie fragte ihn nach einem Fick im Auto. Der Kommissar leckte sie dürftig, bevor er sein pralles Glied in den lebhaften Körper der Kunststudentin schoß. Dann schmiß er sie aus dem Wagen, ohne sich zu bedanken, das Telefon schellte, und seine Frau fragte ihn nach seinem Befinden. Er beantwortete die Frage mit gut. Als seine Frau den Hörer anscheinend auflegte in Deutschland, kam es ihm so vor, als würde sie da vorne in der Telefonzelle stehen! Auch klang ihre Stimme so nah! Ob sie etwas bemerkt hatte? Unsicher lugte der Kommissar über sein Lenkrad, die Telefonzelle kam immer näher. Doch als er an ihr vorbeifuhr, langsam und mit schwitzigen Fingern das Lenkrad umklammernd, konnte er beim besten Willen niemanden erkennen.

XIII

Um sechs Uhr morgens schellte der Wecker. Frau Kommissar Schneider stahl sich aus dem nun seit vier Wochen nur einseitig benutzten Ehebett und zog ihre gelb-grünlichen Slipper an. In der Küche stand der Kaffee schon in der Maschine bereit, seit gestern abend. Sie hatte es natürlich vorbereitet. So verlor sie keine Zeit. Schnell eine Tasse Kaffee in den noch nachtrohen Hals gekippt und ein Pappbrötchen zwischen den Kieferknochen zermahlen, dann eine Zigarette ohne Filter, ja sie hatte sich in letzter Zeit nicht im Griff. Die Affaire mit dem Nachbarn hatte sie zerrüttet. Und dann war sie, nachdem der Kerl sie nicht richtig behandelt hatte, so wie es der Kommissar nur höchstpersönlich kann, nach Jemen geflogen, mal schauen, was ihr Gatte so treibt. Heimlich. Das war auch gut so. Es war ein guter Rat von einer guten Freundin gewesen. Sie solle diesem Mistkerl nicht trauen, ein Kommissar geht immer fremd. So wie im Fernsehen, Heiner Lauterbach zum Beispiel. Der Kommissar Faust. Oder Colombo. Der geht sicherlich auch fremd. Dieses Schwein! Im Jemen hatte sie seinen Standort so ungefähr rausfinden können, sie hatte den Hund mitgenommen, den er ihr zu Weihnachten geschenkt hatte, ein kalbähnliches Viehzeug aus der russischen Riviera-Gegend. Ein Aufseherhund oder so was. Mit einer unglaublichen Spürnase. Der Kommissar hatte ihn schon als Drogenhund gebraucht damals bei den kolumbianischen Freunden. Der Hund hatte aufgrund eines Sockens des Kommissars diesen im Jemen aufgespürt, man hatte ihm den Socken kurz vor die Nase gehalten in

Deutschland und daraufhin buchte der intelligente Köter einen Flug nach Aden. Sagenhaft, dieser Spürsinn war auf der Welt aber nicht einzigartig, in Amerika gibt es über tausend solcher Hunde. Jetzt wollte sie eben noch baden, doch als sie die Tür zum Badezimmer öffnete, fiel sie fast um vor Schreck: die Badewanne war weg!!

XIV

Die unbekannte Schöne trat vor den Kommissar. Sie legte den Arm um ihn, und nun ging es los. Im Tanzclub der
Hauptstadt war nicht viel los. Sie waren die fast einzigsten
Paare dort. Kommissar Schneider und die Frau, die sich auf
seine Annonce gemeldet hatte, und ein befreundetes Paar.
»Gutaussehender deutscher Geschäftsmann sucht Partnerin
für Polka und andere ostdeutsche Tänze. Verschwiegenheit
erbeten.« Das hatte er inseriert. Jetzt waren sie schon drei
Mal zusammengetroffen an diesem Ort. Eine ausgediente
alte Tanzschule in Fez. Alte Plakate hingen an den schäbigen Wänden, sie zeigten Reklame für Haarwasser und so. Es
war unerträglich schwül heute. Der Kommissar hing in Fet-
zen an der Schulter der schönen Frau, die allerdings kaum
zu erkennen war, denn sie war vollkommen verhüllt in eine
Art sackleinernes Tischtuch mit Fransen. Er hatte Durst. Zum
Glück war am Ende des holzbödernen Raumes ein Trink-
gefäß abgebildet. Eine schöne Fotografie. Mit ein wenig
Phantasie konnte man sich im Orient ja mit solchen Bildern
den Durst löschen. Linkes Bein vor, dann das rechte hinterher und Stand. Die Frau herumwirbeln, und weiter gehts im
Dreivierteltakt Richtung Fenster. Das andere, befreundete
Paar drehte sich sachte im Kreis. Der Mann trug Gänseleder-
pantoletten. An seinem Arm prunkte eine goldene Uhr für 15
Mark. Sie stammte von einem Raub. Er war Taschendieb. In
Bagdad geboren, brachte er es bis nach Amerika und zurück
mit seiner Fingerfertigkeit. Der Kommissar wußte, wen er da
neben sich tanzen hatte, aber dieser Taschendieb imponierte

im Tanztee

ihm nicht nur, auch konnte er dem Kommissar manchmal seine Dienste anbieten, deshalb hatte er ihn noch nicht verhaftet. Dann wurde ihm schlecht, das dauernde Drehen im Kreise nahm ihn ganz schön mit. Er mußte sich übergeben. Schnell, zur Toilette. Dort angekommen, war es schon fast zu spät. Kommissar Schneider übergab sich in den Spucknapf. Er würgte deutlich hörbar für die im Tanzsaal Zurückgebliebenen. Wie mußten sich diese Leute fühlen, was für ein Schauspiel, besser gesagt Hörspiel! Da erfaßte die Kamera das Gesicht des Kommissars. Sie war hinter dem durchlässigen Glas des Spiegels angebracht. Dann kehrte er zurück. Doch die anderen waren weg. Nur ein leerer Raum. Die Fenster standen alle sperrangelweit offen. Kommissar Schneider warf sich den Jelabba über, den er jetzt immer trug, ein orientalisches Kleidungsstück, mehr aus Ostafrika, Mauretanien oder da in der Nähe. Gebraucht gekauft. Second hand, ihr versteht. So, erstmal essen, dachte sich der Kommissar, und dann zum hiesigen Einwohnermeldeamt, mal sehen, ob sich in den letzten Tagen noch unbekannte Leute in dieser Stadt eingenistet haben, ohne Begleitung, mit schweren Koffern und Waffen oder mit merkwürdigen Tarnnamen. Ach, da fiel ihm ein, sein polizeilicher Helfer, der Kriminalhilfswachtmeister Marco Brost war ja unterwegs hierhin, in die Hauptstadt Fez! Er sollte eigentlich schon längst da sein! Ein Blick auf die Armbanduhr: richtig, halb fünf schon! Das Flugzeug landete bereits vor zehn Minuten! Kommissar Schneider wollte den Hilfskommissar am Flughafen abholen. Er hatte bis dahin zirka zwanzig Minuten Fahrtzeit mit dem eigenen Wagen. Er entschloß sich, damit es vielleicht schneller geht, mit dem Taxi zu fahren, denn die kennen sich ja besser aus. Er stieg in ein vor der Tanzschule stehendes Fahrzeug. Der Chauffeur verstand nicht sofort. »Flughafen! Flughafen! Schnell! Schnell!« Kommissar Schneider fuchtelte mit den Armen und machte einen Flughafen nach. Der Fahrer lachte mit breitem Grinsen und fuhr los. Doch obwohl Kommissar Schneider Einspruch erhob, fuhr der Wagen in genau die verkehrte Richtung. »Falsch! Falsch!« Kommissar Schneider wurde unwirsch. »Nixe fallesch! Missjö! Pflug haben! Gleich!«

Der Kommissar konnte nichts dagegen unternehmen. Nach drei Stunden Fahrt in die unwegsamste Gegend, die er je gesehen hatte, standen sie vor einem Geschäft, welches landwirtschaftliche Artikel verkauft. Im Fenster stand ein Pflug! »Dasse hiergutt! Kommen, kaufen!« Kommissar Schneider wurde genötigt, den Pflug zu kaufen. Normalerweise hätte er kurzen Prozeß mit den Kerlen gemacht, denn es war offensichtlich, daß es Betrüger waren, die extra, um Touristen auszutricksen, hier in der Wildnis billig Land gekauft hatten, um hier ein kleines Lädchen aufzumachen, in dem Pflüge angeboten wurden, die man ja sonst nicht so ohne weiteres verkauft bekommt. Na ja, es hätte ja trotzdem auch ein Versehen sein können, dachte der Kommissar und bezahlte gutmütig den Pflug, dann sagte er aber nochmal »Flughafen! Verstehen?« Und jetzt verstand der Chauffeur. »Ahhh! Fliege, fliege!« und er flatterte mit den Armen! »Hahaha! Entschuldiguck! Aber jetze mehr zahle! Kollega! Duppelt Geld! Sofott!« Kommissar Schneider griff nochmal tief in die Tasche, um zum Flughafen zu kommen. Der Hilfspolizist stand da noch und wartete. Er war gut geschult worden, und zwar vom Kommissar Schneider selbst.

Weiß-rotes Flatterband spielte im Wind vor der kleinen Bar im Hafengebiet. Eine Baustelle. Jemand buddelte ein Loch. Für die Leute, die da vor der Bar standen und Bier tranken eine Zumutung. Auch beschwerten sie sich schon. Jemand rief: »Hör doch auf da!« Doch der Buddeler machte unbeirrt weiter. Es war Kommissar Schneider, der hier an dieser Stelle vorgestern schon mal gewesen war und einen komischen Geruch bemerkt hatte. Der Geruch strömte aus dem Asphalt. Das ging dem Kommissar nicht aus dem Kopf. Es roch nach Mett. Warum roch es nach Mett, wenn gar kein Metzger in der Nähe ist? Heute war dem Kommissar eingefallen, daß er unbedingt mal nachsehen muß, was da im Asphalt versteckt liegt. Und er hatte recht behalten, denn als er mit der Schüppe in die unterste Schicht eindrang, stieß er auf was Weiches, unangenehm Zurückvibrierendes. Tatsächlich, ein Mensch, abgepackt in über vierzig anderthalb Pfund Gehacktes-Portionen, halb und halb. Mit Datumsstempel und Zertifikat. Jemand sollte wohl glauben, es handele sich um Rinderhack oder Mett! Eine unglaubliche Entdeckung, die der Kommissar Schneider da machte, aber trotz allem Routine. Unter den Augen der besoffenen Eckensteher von der kleinen Bierbar macht er sich daran, die einzelnen Pakete auf der Straße zusammenzusetzen. Es war ein Puzzle. Nachher kam heraus, daß es sich bei der Leiche um einen einunddreißig Jahre alten Rucksacktouristen handelte, der wohl in einen Hinterhalt geraten war. Ob hier aber ein triftiger Grund vorlag, daß dieser, zweifellos grausame, aber dennoch gegenüber anderen vorliegenden Fällen, die Kommissar Schneider bearbeiten mußte, verhältnismäßig harmlose Vorfall überhaupt einen Zusammenhang hatte, man weiß es nicht. Kommissar

Schneider bat die Umstehenden, ein Gebet für die Gehacktes-Portionen abzuhalten, und dann gab er ihnen den Auftrag, den Leichnam zu entsorgen. Als er wegging, konnte er noch sehen, wie einer der Kerle einen Sack Brötchen aufschnitt. Wollten sie etwa jetzt essen? Doch da war Kommissar Schneider schon um die nächste Ecke. Eindeutig hatte dieser Fall nichts mit seiner Orientreise zu tun.

Er wohnte nun bei Eltern eines ehemaligen Klassenkameraden. Sie hatten ihm ein Zimmer hergerichtet. Ob sie wußten, daß Kommissar Schneider nachts Tapeten frißt? Wohl nicht, denn dann hätten sie ihn kaum eingeladen. Es war die zweite Nacht hier für den Kommissar, und er wälzte sich unruhig im Bett. Als er nach vier Stunden immer noch nicht schlafen konnte, stand er auf, fraß zunächst etwas Tapete, es war aber kaum noch was da, und setzte sich anschließend seine Ohrhörer auf, machte den transportablen CD-Player an und hörte die neue CD, die er sich auf der letzten Audio-Messe in Frankfurt gekauft hatte. Auf der CD waren Geräusche, als wäre er nicht allein. Spülgeräusche, Husten, ein Zug an einer imaginären Zigarette, dann ein paar Schritte und so weiter. Jetzt war er nicht einsam, denn das hatte der Kommissar manchmal in seinen monatelangen Ermittlungen satt, allein zu sein, immer nur die Wände erst anzustarren und dann abzufressen.

XV

Am Morgen des 20. September brachte der Postbote einen Umschlag zu Frau Kommissar Schneider. Abgestempelt in Baltimore im US-amerikanischen Bundesstaat Pennsylvania. Komisch. Von wen kam der Brief? Oder hieß es »von wem«? Mit bebenden Nüstern öffnete sie den Brief. Sie war wirklich sehr aufgeregt, weil der Brief aus Amerika kam. Da kennt sie keinen Menschen. Sie zog den Stapel Prospekte heraus. Es waren Prospekte von einer Firma, die anscheinend Gartenmöbel herstellte. Aus Teak. Hatte sie denn vielleicht mal so etwas bestellt? Ihre Lockenwickler scheinten rötlich in der Morgensonne. Ein wenig Schaum verteilte sich über ihre Schläfe. Sie war sich gerade dabei, die Haare zu waschen. Deshalb konnte sie nicht bemerken, wie Blut aus dem nun leeren Umschlag troff. Sie ging ins Gemach zurück. Der Umschlag war allein und lag auf dem Sims. Dann fing er an, sich zu bewegen. Ein seltsames Getier krabbelte unbeholfen aus dem Packpapier, es sah aus wie eine dicke, schwarze Spinne. Es zermalmte die Eidechse mit seinen Kiefern, unerbittlich. Dann war es mit ein paar Schritten hinter der Frau Kommissar Schneider hergelaufen und versteckte sich in ihrem Strumpfhalter, der in Erwartung einer baldigen Benutzung schon über dem Schirmständer hing.

Die Faust explodierte direkt in Kommissar Schneiders Fresse. Dann schlug der Fremde auf die Fingerknöchel des schlafenden Kriminalisten. Er wurde davon allerdings immer noch nicht wach, denn er hatte gestern abend ein Gläschen Wein getrunken. »Hey, aufwachen, Herr Kommissar!« Und noch ein Schlag mit einem dicken Balken in Kommissar Schneiders Gesicht und Kinn. Endlich, er bewegte sich. »Was ... ja, aber ... ooch, laßt mich doch noch ...«, preßte der Kommissar aus dem eng zusammengekniffenen Mund, er wollte schlafen. Der Fremde sprang mit Springerstiefeln, die mit Eisen beschlagen waren, in Kommissar Schneiders Augen. Jetzt wurde es doch zuviel. »Aufhören!« befahl der Kommissar und stand nun schon angezogen ohne die Bettdecke im Raum. Der Kommissar bedankte sich bei dem Vater seines ehemaligen Schulkameraden für den Weckdienst und rasierte sich hart und ohne Murren. Die Klinge war stumpf, er rutschte abermals ab und schnitt sich tief in die Poren. Dann tat er etwas Rasierwasser ins Gesicht. Jetzt fühlte er sich frisch. Darüber hätte er fast das Zähneputzen vergessen. Er nahm die elektrische Zahnbürste und begann mit der Prozedur. Dann wischte er sich mit einem hellen Handtuch den restlichen Schaum ab und warf das Handtuch nach dem Gebrauch auf den Boden, das heißt, es kann mitgenommen werden. Wenn er es am Haken hängen läßt, kann er es noch einmal benutzen. Damit die Umwelt geschont wird, werden jährlich wieviele Tonnen Waschmittel in Hotels oder hotelähnlichen Restaurationen in die Waschmaschine vergeudet? Und deshalb muß man immer aufpassen. Seine eigenen Kinder könnten ja mal darunter sein. Die Umwelt bedeutete dem Kommissar Schneider sehr viel, deshalb ließ er das Wasser laufen, damit, wenn er wieder nach Hause kommt nach einem getanen Arbeitstag, nicht Kraft aufgewendet wird für den Wasserhahn zum Aufmachen, denn dann müßte wahrscheinlich bald ein neuer Wasserhahn dahin, und die sind teuer. So hatte er die Gewißheit, was für die Umwelt getan zu haben, als er wegging und den lauten, ja, er war leider laut, der Wasserhahn, weil das Wasser da ja so doll hinausschoß, aber man muß ja auch etwas ertragen können zum Wohle der Umwelt, Krach des herausschießenden Wassers aus dem Hahn hörte. Wieviele Länder sind nur aus Profitgier zu schüchtern für eine moderne Wasserverordnung.

XVI

Kommissar Schneider holte sein bisher geheim versteckt gehaltenes Rennrad aus dem Schrank auf der zweiten Etage. Neben dem Speicheraufgang hatte der Schreiner einen Wandschrank fertiggestellt im 18. Jahrhundert. Das Rennrad war superleicht, es wog vielleicht soviel wie eine Akte, eine schmale Akte. So wie sie Kommissar Schneider aus dem Gericht kannte. Der Kommissar schnallte sich den obligatorischen Fahrradhelm auf den Kopf und spannte mit zwei Fingern seine Radlerhose im Schritt nach oben, damit auch keine Falte zuviel den CW-Wert erhöhen könne. Die Unterarme hatte er sich mit etwas Sonnenöl eingeschmiert. Bei seiner nun folgenden Aktion war jede Hautschuppe oder jegliches abstehendes Ohrhaar gegen den Rekord. Ja, er mußte einen Rekord aufstellen, wenn er das bewerkstelligen wollte, was bisher noch kein Mensch geschafft hatte. Er wollte um halb acht vor dem Haus der Eltern seines Schulkameraden losfahren, eine große Runde durch die Stadt fahren und um Viertel nach sieben, also vorher, und das war nur möglich, wenn er die Erdgeschwindigkeit überschreiten konnte!, wieder da sein. Er hatte sich die Ampelphasen der Stadt ausrechnen lassen von einem Mathematiker, den er zufällig an der Bowlingbahn getroffen hatte. Dort war der einzige Kiosk in Fez, wo man Zigaretten der Marke »Einwohnermeldeamt, Eingang C.« kaufen konnte. Das konnte ihm nur gelingen, wenn er den CW-Wert einer Mücke unterschritt. Der Wert der Mücke war im Duden mit 0,0 angegeben. Eine aussichtslose Sache. Und so kam der Kommissar Schneider auch erst

Kommissar Schneider
holt sein geheimes
"Rennrad"!

um ca. 11 Uhr von seinem Rekordversuch zurück. Enttäuschend. Er zog den Fahrradhelm ab, wegen dem die Kinder auf der Straße ihn gehänselt hatten, zwängte sich aus seiner pelle-ähnlichen halblangen Hose mit Verstärkung im Schritt und zog das Renn-Hemd über den Kopf. Außerdem hatte er ein Parkknöllchen bekommen, weil er vor Tchibo ein paar Minuten das Rad im Parkverbot abgestellt hatte, um schnell einen Kaffee zu schlürfen. Da dachte er noch, er könne es mit links schaffen. So begann also dieser erneute Tag für den Kommissar mit schlechtester Laune. Heute wollte er mal gar nichts tun, er hatte die Nase voll von seinem Beruf. Er ging schwimmen. Mit der Badehose über der Schulter und einem Handbuch joggte er zum Strand. Doch soweit er auch rannte, das Meer war und war nicht zu sehen. War hier denn kein Wasser in der Nähe? Auf dem Atlas war es doch nur ein kleines Stück! Vielleicht 1 cm! Da schoß ihm durch den Kopf, daß in der Beschreibung des Atlas davon die Rede war, daß ein Zentimeter ungefähr tausend Kilometer sind. Egal, er wollte schwimmen gehen. Und da war auch schon der Asphalt aufgebrochen, und ein Hydrant speite Unmengen von Wasser in die Luft. Darum herum hatte sich ein kleiner See gebildet, in der Straße sozusagen. Leute standen dumm herum. Sie staunten nicht schlecht, als ein schmächtiges Männlein mit weißem, wasserschweinähnlichem Hängebauch in das vollgelaufene Loch in der Straße hechtete. Der Kommissar kraulte ein, zwei Züge in der Matsche und genoß es sichtlich. Die Umstehenden gingen kopfschüttelnd weg. Allein zog der Kommissar seine Bahnen. Über eine halbe Stunde verbrachte er in dem Loch. Dann sprang er hinauf und rannte, ohne mit den Fußballen, denn die Straße war glühend heiß in der Mittagshitze, aufzusetzen, gepardenhaft zurück zu der ihm bereitgestellten Wohnung. Die kleine Erfrischung tat ihm ganz gut. Jetzt konnte er an die Arbeit gehen. Zunächst ein Telefonat mit der Schweizer Kantonspolizei. Denn die hatte gestern um Rückruf gebeten. Was sich ihm dabei hervortat, ist für ihn allerdings ein mittlerer Schock. In der Schweiz war ein riesenhafter Geldbetrag aus der Nationalbank geklaut worden, und zwar mittels normaler Überweisung, und derjenige, der das Geld sich hatte überweisen lassen, hatte als Codewort den Namen »Kommissar Schneider« benutzt! Das kann doch wohl nicht wahr sein! Der Kommissar schwoll an vor Wut! Ein Verbrecher wollte ihn zum Narren halten!? Wer steckt denn da hinter!? Schon am Apparat hatte der Kommissar für Unruhe gesorgt, indem er, nachdem er die Nachricht erfahren hatte, in die Muschel stöhnte wie eine professionelle Animationsdame aus der Telefonsexabteilung! Das war für des Kommissars ansonsten knallharte Seele zuviel. Das konnte doch nur dazu dienen, den Kommissar auf den Plan zu rufen. Doch wer hätte etwas davon? Was soll denn das? Und warum ging der Täter denn überhaupt solch ein Risiko ein, einen der versiertesten Kommissare Deutschlands aufzuregen, und dann noch denjenigen, der wirklich in punkto Aufregen den Vogel abschoß in der gesamten Polizei Nordrhein-Westfalens! Wenn der Täter das miteinberechnet hatte, und das muß ja wohl so sein, denn er kannte den Kommissar anscheinend, ja, aber was will er denn überhaupt von ihm? Wollte er ihn vielleicht nur ablenken von etwas anderem, etwas Wichtigerem? Wichtiger für den Täter? Hatte er versucht, den Kommissar damit vielleicht in die Schweiz zu locken? Wollte er den Kommissar aus dem Orient weghaben? War es jemand, der hier im Orient unbehelligt agieren will, und der Kommissar Schneider stört? Ja? War es das? Natürlich, es muß so sein, dachte sich der Kommissar und telefonierte in die Schweiz zurück, am Nachmittag, nachdem er sich etwas dazu ausgedacht hatte.

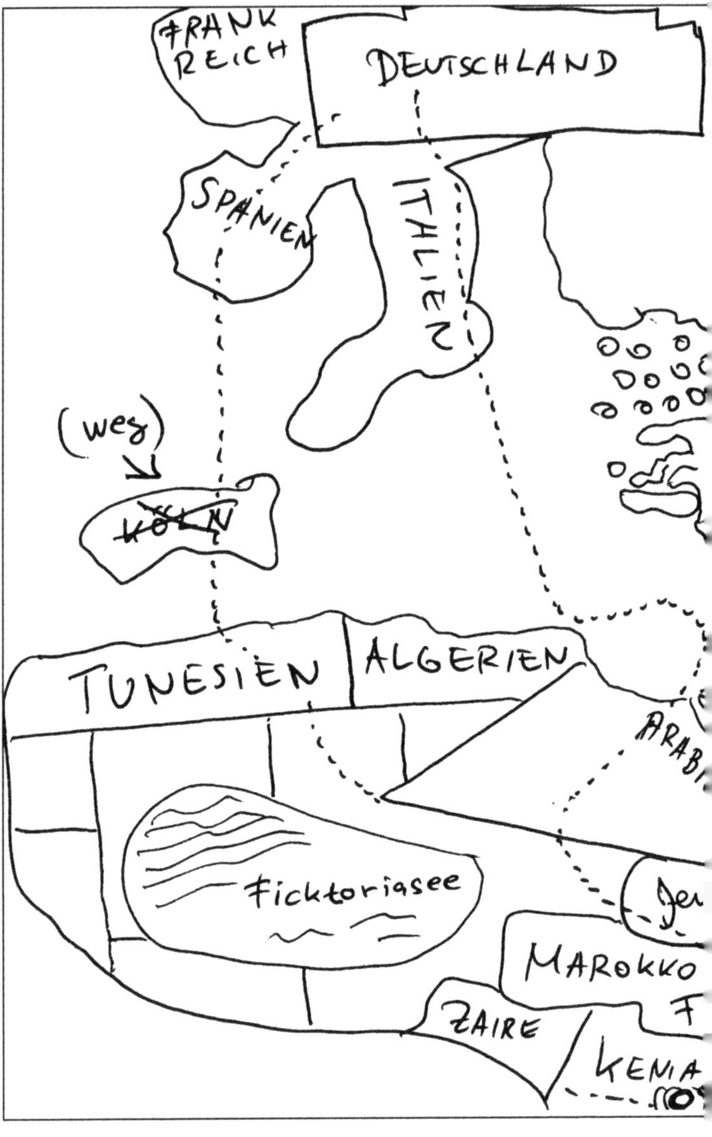
FRANKREICH
DEUTSCHLAND
SPANIEN
ITALIEN
(weg)
KÖLN
TUNESIEN
ALGERIEN
Ficktoriasee
MAROKKO
ZAIRE
KENIA

eltatlas um 1990
(ohne Mantschurai)

IEMANDSLAND

RUSSLAND

AFGHANISTAN

IRAK

ZAN

UAIT

GUADALUPE

MEERBUSEN

SYLT

IMANDJARO

XVII

»Ich nehme noch ein Stückchen Erdbeertorte und zwar mit Sahne, Herr Ober!« Die dicke Obstverkäuferin, die auf dem Markt einen eigenen Stand hatte, saß in dem kleinen Café, in dem auch der Kommissar Schneider des öfteren rumsaß. Er hatte die Ohren sperrangelweit offen, um den Gesprächen an den Nebentischen zuzuhören und gegebenenfalls sofort einschreiten zu können, wenn sich etwas Aggressives abzeichnete in der Art und Weise, wie sich die Gäste unterhielten. Dann nämlich würde Kommissar Schneider seinen Ausweis ziehen und mit breit auseinandergehebelten Beinen an diesem Tisch vorbeispringen und mit einer Rumpfbeuge die Kampfhähne beidhändig voneinander weghalten. Der Kellner brachte außer dem Stückchen Erdbeertorte noch den Kaffee für Herrn Kommissar Schneider. Der rührte enttäuscht die Milch um, denn es war heute gar kein Plätzchen wie sonst dabei! »Wo ist denn das Plätzchen, Herr Ober!? Es gibt doch sonst immer Plätzchen dabei!!« – »Heute keine Plätzchen, Signore!« – »Dann möchte ich bitte den Geschäftsführer sprechen, aber dalli!« Der Kellner ging erregt weg, und wenig später kam der Geschäftsführer in einem Khaki-Hemd daher. »Der Herr haben sich beschwert?« – »Oh ja! Und das geht wirklich zu weit, mein Herr! Hier! Kein Plätzchen! Das ist eine Frechheit! Sie wissen wohl nicht, wen sie vor sich haben!!« Dabei schüttete der Kommissar dem Mann seinen Kaffee in das Hemd. Schmerzverzerrt beugte sich der Geschäftsinhaber über den Tisch des Kommissars und schob ihm ungesehen, dabei jammernd, einen Briefumschlag in die Jacke. Dann entschuldigte er sich lauthals bei Kommissar Schneider und gab ihm aus der Hosentasche ein Plätzchen in die Hand. Der Kommissar war zufrieden. Der Mann ging wieder in sein Kabuff und lächelte. Dabei putzte er sich den Kaffee vom Hemdkragen. Daraufhin ging der Kommissar weiter. Er mußte noch in das Kaufhaus, um Batterien für seine beiden Propeller zu kaufen, mit den er sich, wie viele andere Damen der Gegend hier, Wind zufächerte. Ist ja ein total heißes Klima hier in Fez! Im Kaufhaus sah er auch ein schönes Hemd. Er wollte es mal anprobieren. Als er das Hemd mitnahm in die Garderobe und auf den Haken hängte, fiel ihm auf, daß er etwas außergewöhnlich dickes in der Jackeninnentasche stecken hatte. Was war denn das? Er zog es heraus. Ein Couvert! Mit Geld drin! Viel, viel Geld! Und ein Zettel, darauf stand: Bestechungsgeld! Unsicher schaute sich Kommissar Schneider um, doch keiner war in seiner Nähe. Er steckte das Geld in die Hosentasche und schmiß den Umschlag weg.

Bestechungsgeld. Ja aber, wofür denn? Er konnte sich keinen Reim darauf machen. Und wer hatte es ihm denn ..., nein, vielleicht im Café? Nein, wer soll so etwas machen. Das geht doch nicht. Aber da fiel ihm ein, daß ihm das in demselben Café schon öfter passiert war! Jetzt fiel es ihm wieder ein! Das letzte Mal war gestern! Und der Betrag war auch sehr hoch! Es handelte sich um Schweizer Franken, eine ziemlich stabile Währung. Ob es was mit der Sache da zu tun hatte, die die Schweizer Kantonspolizei beschäftigte seit Wochen? Kann sein, dachte sich der Kommissar bei sich. Aber noch besser würde es doch sein, das Geld gut anzulegen. Der Kommissar zählte in der Umkleidekabine die Scheine, es waren über zwei Millionen! Für einen Bestechungsversuch zu wenig, dachte der Kommissar noch. Grübelnd trat er aus der Kabine und ging das Hemd bezahlen. Dabei fiel ihm nicht mehr auf, daß er aus Versehen den Stapel Geldscheine nicht in die Jackentasche steckte, sondern daran vorbei, so daß sie auf den Boden flatterten. Die freundliche Verkäuferin lenkte ihn ab, und dann ging alles nach Plan. Der Elektriker, der gerade eine Birne einschraubte, fiel von der Leiter vor Kommissar Schneiders Füße, der Kommissar strauchelte, fiel hin, die Verkäuferin drehte seinen Kopf so dabei, daß er die noch flatternden Geldscheine sehen konnte, der Kommissar rief: »Hilfe, da fliegt mein Geld!« Und er wurde an den Füßen hochgerissen, hing kurze Zeit an der Decke, zwei Vermummte griffen sich die Scheine, einer von ihnen war von der Figur her der Caféhausbesitzer, das konnte Kommissar Schneider erkennen, schnell tat sich die Decke auf, und schwupp entglitt der Kommissar nach oben weg in die obere Etage hinein. Dann schnell Klappe zu und den Kommissar auf einen Stuhl gebunden, mit einem Stück Holz im Maul. Es wurde still. Sehr still. Die Mittagssonne schien gleißend in das kleine Fensterchen hinein. Kommissar Schneider war allein. Es war ungeheuer staubig in der Zelle. Eine Maus knabberte in der Ecke an einem Stückchen Käse. So verging eine Zeit. Da plötzlich öffnete jemand die Tür einen Spalt. Eine schlanke Person flutschte herein, es mußte eine Frau sein, dachte der Kommissar. Er merkte sich den Geruch der anscheinend frisch besohlten Schuhe. Es roch stark nach Leder und Klebstoff. Die Frau trat auf ihn zu. »Guten Tag, Herr Kommissar Schneider. Sie sind zu weit gegangen! Dies hier ist die Strafe!« Der Kommissar wußte nicht, was diese

Person mit »zu weit gegangen!« meinte. »Was meinen Sie mit
›zu weit gegangen‹, Verehrteste!« Eine zweite Person betrat
den Raum. Die Frau lehnte sich an den Rücken des Kommissars und sprach mit leiser Stimme. »Hören Sie, Sie sind
zu weit südlich gegangen! Hier ist der Orient, kapiert? Und
Polizisten wie Sie haben hier nichts zu suchen! Kapiert? Und
dies hier wird Sie eventuell überzeugen, nie mehr ihre Futt-
finger in ander Leut Angelegenheiten zu stecken! Kapiert?«
Der Kommissar zuckte kurz zusammen, dann sackte er unter der Wucht der Machete zusammen. Sie hatten ihm den
Kopf abgetrennt. Ekelhaft. Doch saß er noch wie eine Eins
auf dem Hals, er durfte sich nur nicht bewegen. Ein Glück,
daß die Machete so scharf war, sonst hätte der Kommissar
Schmerzen ertragen müssen und wäre am Ende noch gestorben. Doch hatte er damit schon längst gerechnet. Nur nicht
gerade in Zusammenhang mit seinem Lieblingscafé. Waren
also die ganzen Geschichten die er dort immer mitanhörte,
vielleicht nur erfunden? Lügenmärchen? Eine orientalische
Spezialität der hiesigen Omas und Opas? Der Effekt, den
der Kommissar jetzt benutzte, war Weltklasse. Er hatte wie
gesagt mit dem Machetenhieb gerechnet, der ganze Morgen heute sah schon so aus. Also griff er auf eine alte List
der munteren Kriegsweiber von Bayreuth zurück, die sich,
als sie vor einem Kampf mit Gladiatoren der Römer, die sich
nach Bayern verlaufen hatten, die Hälse mit Zedernholzöl
härten ließen. Der Hals wird kunstvoll in einer nicht näher
beschriebenen Prozedur eingeschmiert. Deshalb mußte der
Kommissar Schneider heute eine halbe Stunde früher aufstehen wie sonst. Aber es hatte sich gelohnt. Er blieb noch
etwas auf dem Stuhl sitzen, damit die Macheten-Schnittstelle

(cut location) aushärten konnte und sich wieder verband, bevor er sich aus dem Staub machen wollte, denn die Typen, es waren beides Männer, nur der eine war verkleidet als Frau, weil es ihm besonderen Spaß bereitete, als Frau zu töten, hielten noch Wache bis halb vier Uhr nachts. Dann kippten sie um, denn sie hatten sich einen Ziegenbeutel schweren Wein mitgebracht. Kommissar Schneider schnitt die Fesseln durch und schlich über das Dach, das Fenster war geöffnet worden, dann über eine Telefonleitung quer über die ganze Stadt und ließ sich an einer Steigleitung an einem betonierten Salatbeet, es war ein Kunstwerk eines hiesigen unbekannten Künstlers, nieder.

XVIII

Warum meldet er sich denn nicht! Es war doch sonst nicht seine Art! Immer nach mindestens drei Monaten meldet sich der Kommissar doch sonst bei seiner Frau! Die Frau des Kommissars ging aufgeregt im Hausflur auf und ab. Sie machte sich Sorgen. Er rief einfach nicht mehr an. Sicherlich, er hatte viel zu tun. Aber das ist kein Grund, für einen kleinen Plausch mit seiner nun wieder treuen Frau hatte er doch immer etwas Zeit abknapsen können. Dieser Strumpfhalter da, den wird sie jetzt anziehen. Sie nimmt ihn mit den Fingern und achtet total darauf, daß ihre Fingernägel nicht dabei reißen, wenn sie den Strumpfhalter nimmt, dann die Seidenstrümpfe. Ach nein, es ist besser, Glacéhandschuhe anzuziehen. Sie dreht sich um und zieht ein paar feine dünne Handschuhe aus dem Schuhschrank. Dann streift sie sie sich über. Mit spitzen Fingern greift sie endlich den Strumpfhalter und zieht ihn sich über ihre vom langen Stehen schon angeschwollenen Beine. Dann rupft sie sich die Seidenstrümpfe zurecht und streckt genüßlich zunächst ihren rechten Fuß in die doppelte Verstärkung der Sohlenspitze. Jetzt der andere Fuß. Und dann mit walkenden Bewegungen jeweils an den verschiedenen Beinen hoch, bis zum eingearbeiteten Zwikkel. Jetzt kichert sie. Was für ein Gefühl! Der Herr Kommissar sieht es ja nicht. Sie zieht sich die verdammte Strumpfhose ganz hoch und stramm. Ihre Arschbacken wirken jetzt jugendlicher als je zuvor. Da!!! Eine schmerzhafte Stelle! Au!! Was ist denn das???!!! Ein Biß! Schmerzvoll erregt reißt sie sich die Strumpfhose mitsamt der Strapse vom Leib und springt mit hochrotem Kopf in das Badezimmer unter die Dusche! Schnell, schnell, das Wasser an! Sie hält sich den Strahl auf die schmerzende Stelle. Da rennt doch was über den Badezimmerboden? Frau Kommissar erkennt mit letzter Kraft den Skorpion, wie er sich erschrocken in den Wäschekorb stürzt. Dann taumelt sie und bricht unter ihrem eigenen Gewicht in der Badewanne zusammen. Dort wird sie aber zunächst einmal noch nicht gefunden. Eine lange und für ihre Rettung wichtige Zeit vergeht. Es schellt an der Tür, doch hört sie nichts. Da geht die Tochter wieder weg, denn sie denkt, die Frau Mutter ist schon zum Einkaufen gegangen oder so ähnlich.

Der gelb-blaue Jelabba des Dorfältesten wirkte zerfetzt und mehr als abgetragen. Er war schon mindestens über achtzig Jahre alt, der Besitzer jedoch schon wesentlich älter. Doch guckte er noch sehr rege aus kullernden Äuglein auf den Kommissar herab. Er saß auf einem spärlich geschmückten Kamel. Hinter ihm standen die Kamele und Pferde seiner Verwandten. Sie hatten vor, einen kleinen Ausritt zu machen. Und zwar nach Europa. Deshalb wollten sie Kommissar Schneider interviewen, weil der ja aus dem Abendland zu ihnen gekommen war. Warum er da war, war ihnen schleierhaft. Aber er war bekannt dafür, viel aus seiner Heimat zu wissen. Vor allen Dingen wollten sie seine Adresse, damit sie dort eine Zeitlang, vielleicht ein Jahr, wohnen konnten. Die Reise war ja sehr beschwerlich dorthin, zumal die Kamele zwar ausdauernd waren, jedoch ziemlich langsam. Der Dorfälteste bediente sich, sowie auch der Kommissar Schneider, der Gebärdensprache. Sie fuchtelten planlos in der Luft herum, keiner verstand den anderen richtig, doch es gelang ihnen nach einer Zeit, sich zu unterhalten. Der Kommissar erzählte ihnen, wie schön Karlsruhe ist und erstmal Wilhelmshaven! Was für eine schöne Anordnung von Häusern! So was hätten sie noch nie gesehen. Und dann sprach er von seiner Heimatstadt und vom Polizeipräsidium, und die Tränen rannen ihm aus den Augen ob der Erinnerungen, die er an seine Dienstzeit hatte, die ja noch nicht zu Ende war, aber er wurde das dumpfe Gefühl nicht los, nicht mehr nach Hause zu kommen. Er durfte ja auf keinen Fall den Kopf bewegen, er hatte zwar den Ersatzhals aus Zedernholz, aber der Schnitt mit der Machete mußte erst mal verheilen. Eine unachtsame Bewegung, ein Kopfschütteln in einer etwas vehementeren Art und Weise, und der Kommissar wäre nur noch Rumpf. Da würde auch seine langjährige Ausbildung nichts nützen. Die Tränen schnell abwischen, bevor sie in den Kragen rennen konnten. Und dann wieder sein unsäglich bestußtes Gesicht aufgesetzt. Mann, sieht der doof aus, dachte sich die Tochter des Dorfältesten und schmiß ihm Kameldung an die Kleidung, das war Brauch, wenn jemand scheiße aussieht in den Augen der Frauen, die den Kameltreck begleiten. Die Frauen mußten deshalb mit, damit der Dorfälteste nicht verhungert, denn er konnte sich selbst weder ein Butterbrot schmieren, noch ein Kotelett rösten. Er hatte andere Dinge zu tun, nämlich ganz Mann sein. Und er beschützte die Weiberschar, in dem er zirka zehn Meter vorherritt. In den Satteltaschen steckten jede Menge Geschenke für die Deutschen, Perlen, Gold, Juwelen und Salz. Salz war das Allerwertvollste, es wurde handgejätet in der Bucht von Hallajabhilla, der Vorort an den Ufern des Stromes Aqua-Aqua, seine Wasser führten Salz in Hülle und Fülle mit sich. Die Süßwasserfische hatte von den hierhin gereisten europäischen Tierschützern kleine Gummianzüge bekommen, damit sie unbeschadet durch die Salzfluten schwimmen konnten. So konnte die Population erhalten werden. Die Kautschukanzüge waren allerdings teuer, die Gelder hierfür bezogen die Tierschützer aus dem Verkauf der Fische auf dem Markt. Es waren Delikatessen. Hering im Gummimantel, dazu Speckkartoffeln und Salat. Das hatte der Kommissar auch schon mal gegessen. Es war etwas schwierig, die Gummimantelteile zu verdauen. So hatte der Kommissar neulich Bauchschmerzen. Die Fische schmeckten auch nicht gut, sie waren irgendwie fade.

Kommissar Schneider sah die Karawane, wie sie wegritt. Er schaute ihr noch lange Zeit nach. Das war also Heimweh. Mit der Karawane verband er viele Erinnerungen an seinen eigenen Weg in die Ferne. Wie war es noch mal gewesen, als er in den Orient kam? Er stieg in den Zug Richtung Genua und verabschiedete sich von seiner Frau mit den Worten: »Tschüß Frau!« Dann gab er ihr einen kleinen Schmatz auf die linke Backe. Die Frau Kommissar hatte daraufhin noch wochenlang einen hektischen Flecken auf der Backe. Im Zug waren nur Stehplätze. Kommissar Schneider steckte seinen Arm in eine Schlaufe, die von der Decke baumelte, und ließ seinen Koffer an der anderen Seite kraftlos herunterhängen. Der Kopf nickte im Takt der Gleisverbindungsstücke. Der Zug takkerte durch die Nacht. Rattong. Rattong. Rattong. Hinter ihm gelassen Deutschland, das Land seiner Väter. Würde er es jemals wiedersehen? Oder besser Steuerflucht? Nach Monaco? Aber dort würde der Kommissar sicherlich nicht viel zu tun haben. Es gibt da nur Reiche. Und die brauchen nicht klauen, denkt man. Natürlich klauen auch Reiche. Wenn aber, dann wesentlich mehr, weil für sie ja wenig nichts ist. Für Arme ist gar nichts viel und wenig der Überfluß. Für Mittlere ist alles mittel. Der Kommissar zermarterte sein kleines Elefantenhirn. Für wen ist denn jetzt viel viel und wenig wenig? Er kam zu dem Schluß, daß sie gerade die Grenze zur Schweiz passiert hatten. Ein Zöllner mit Geleitperson näherte sich seinem Stehplatz. Er mußte seinen Ausweis zeigen. Doch hatte er, um unerkannt zu verreisen, den Ausweis eines Unbekannten bei, den er im Schwimmbad geklaut hatte. Doch dieser Unbekannte war leider ein gesuchter Verbrecher. Das konnte der Kommissar ja nicht wissen! Als sie ihn verhaften wollten, sprang er aus dem schnell mit dem kleinen Nothämmerchen zerstörten Fenster und hangelte sich am Zug entlang in aller Hast Richtigung Lokomotive. Schüsse peitschten durch die Nacht. Ein Schäferhund bellte in weiter Ferne. Nebelschwaden durchzogen die Wiesen und Felder. Es war ein grauenhaftes Erlebnis. Der Lokomotivführer fühlte eine stahlharte Hand um seine Kehle. Dann schwanden ihm die Sinne. Kommissar Schneider fuhr starke Schlangenlinien, um die Verfolger, die sich noch im hinteren Teil des Zuges aufhielten, herumzuwirbeln und letztendlich abzuschütteln. Je stärker er den Zug durchschüttelte, um so weniger Halt konnte er den Verfolgern bieten. Und jetzt wurden sie unweigerlich aus den Abteilen geschleudert. Sie schimpften wie die Rohrspatzen, als sie in den Feldern aufschlugen. Kommissar Schneider war frei. Er jagte den Zug durch die Nacht. Erst in Italien machte er den ersten Halt. Der Zugführer war aufgewacht. Kommissar Schneider erklärte ihm die Situation, er brauche keine Angst zu haben. Er zeigte ihm seinen Polizeiausweis. Da ging ein Zucken der Erlösung durch des Zugführers Gesicht. Kommissar Schneider stieg aus und rannte in die Nacht. In Mailand besorgte er sich einen alten Lastkraftwagen und lud ihn mit Melonen voll. Getarnt machte er sich auf den Weg in den Orient. »Melonen! Melonen! Leckere, wäßrige Melonen! Direkt vom Erzeuger!« So kam er durch Italien und stieg, nachdem er den Lkw in die Fluten des Mittelmeers geschickt hatte, die Melonen waren sowieso alle, in der Verkleidung eines Reitlehrers auf die Fähre nach Marrakesch. Die See war außerordentlich unruhig. Sein Magen verlor das Frühstück. Es war nur ein Croissant gewesen, und eine Tasse Kaffee Hag.

Die Erinnerungen an seine Reise in den Orient verschwanden jäh aus des Kommissars Kopf, als jemand ihn mit einem Knüppel niederschlug. Der Kommissar bekam es diesmal aber dicke! Er sah noch, wie der Aggressor wegrannte. Um die nächste Ecke. Kommissar Schneider wischte sich das Blut von der Stirn. Eine klaffende Wunde. Er befingerte sie mit der linken Hand. Der Mann muß ihm so doll auf den Kopf gehauen haben, daß die Stirnplatte verrutschte. Mit so etwas ist nicht zu spaßen. Schnell, zum Arzt. Kommissar Schneider schwang sich auf das Fußbrett der vorbeieilenden Straßenbahn. Sie war brechend voll. Mit ihm rissen sich noch mehrere Kinder um einen guten Platz auf dem Trittbrett. Der Kommissar verteilte Fußtritte, so daß er ganz allein auf dem Trittbrett mitfahren konnte. Da, das Krankenhaus. Doch als der Kommissar sich von der rasenden Straßenbahn abstieß, fiel im ein, daß vielleicht gerade in so einem Krankenhaus jemand es auf ihn abgesehen hatte! Also, wohin? Schnell, nur schnell! Die Wunde klaffte, es schmerzte bereits. Da entdeckte Kommissar Schneider eine Änderungsschneiderei an der Straßenecke. Hier wollte er sich die Wunde nähen lassen. Er betrat den Laden. Und was er hier sah, ließ ihm das Blut stocken: ein über und über mit Taubenkacke bekleckerter Orientale in einem ehemals weißen, jetzt grüngelblichen Jelabba mit einer Stahlkralle als Ersatzhand saß in der Hocke auf einem Tisch und nähte seine linke Hand an seinem Fuß fest. Doch das Schlimme war, sein Gesicht war nur noch rohes, fauliges Fleisch, in dem Maden herumkrochen. Neben ihm stand ein Industriepaket Aspirin! Aha, deshalb hatte der Mann keine Schmerzen. Klar. Der Kommissar atmete auf. »Guten Tag, hier, können Sie meine klaffende Wunde eben zunähen, und was kostet die Angelegenheit, wenn man mal fragen darf?« Der Verwesende erschrak und sprang mit einem pfeifenden Unterton, der aus seiner offenen Brust stammte, vom Tisch herunter. Der Kommissar konnte jetzt alle Organe deutlich erkennen. Herz, Lunge, Nieren usw. Der Kerl war wohl so etwas wie eine lebende Anschauungspuppe für Medizinstudenten! »Genau! Ich bin der Innereien-Mann, der Herr! Hier, meine Zertifikation!« Und er riß ein Blatt Papier aus dem Regal, das hinter ihm mit zwei krummen Nägeln an der Wand zu hängen glaubte. Der Kommissar ließ sich ohne Umschweife von diesem Mann seine Wunde zunähen und gab ihm dafür hundertfünfzig Euro. »Danke, Danke!« waren die überschwenglichen Worte des so sich reich beschenkt Fühlenden. Draußen war die Luft abgekühlt. Vor dem Kommissar lag, als er ein Stück hinter das Haus ging, eine wunderschöne Landschaft. Das atemberaubende Panorama vermittelte dem Kommissar eine unbegrenzte Stärke. Doch schaute der Kommissar auf seine Schuhspitzen. Eine Natter. Sie wollte ihn beißen. Da! Ab in die Hosenbeine! Springend und hechelnd bewegte sich der Kommissar auf die Hafenmole zu. Dieser ölige, mit Fisch und Algen und Farbgeruch vermischte Gestank, all das zog den Kommissar in seinen Bann. Die Schlange biß zu, doch der Kommissar hatte dafür keinen Sinn. Er sah im Schaufenster einer Buchhandlung ein sehr seltenes Buch – und längst vergriffen! – über die Eßgewohnheiten der Inkas – ausgestellt. Es dämmerte bereits, und das ist bekanntlich die Zeit, in der sich's am gemütlichsten erzählen läßt. Ich war nicht in der Lage, irgendeinen Punkt an Land auszumachen und begann an der Richtigkeit meiner Maßnahme zu zweifeln. »Na, ansehen werd ich ihn mir doch. Ich steige auf den anderen Baum, und da kann er mir nichts anhaben. Komm!« Schmunzelnd ergriff er die Schüssel mit den Mehlklößen, und in Begleitung seiner überglücklichen Toni verschwand er fröhlich in der Küche.

Der Kommissar schrieb einen Brief an seine Frau. Der Wortlaut ging ungefähr so: ... Geliebte Frau Kommissar. Ich befinde mich bereits jetzt im fünften Monat im Orient. Es gefällt mir hier sehr gut. Das Essen ist lecker. Manchmal sind Wolken am Himmel, aber nur wenige. Ansonsten strahlendblauer Himmel und herrliches Wetter. Die Leute hier sind nett. Meine Unterkunft ist schön. Ich habe hier alles. Du brauchst mich wirklich nicht besuchen kommen. Ich rufe an, wenn ich zurückkomme. Erst mal dauert es noch eine längere Zeit. Ich hoffe Dir geht es gut. Wie geht es dem Hund? Ciao, dein italienischer Gigolo ...

Er wollte also mit seinem Brief an die Frau wohl etwas Verschlüsseltes sagen, wir betrachten den Satz: ... Ich befinde mich bereits im fünften Monat ... usw. Was meint der Kommissar wohl damit? Ist er schwanger? Nein, es ist ja ein Männchen, und die werden nie schwanger. Also muß es etwas anderes sein. Es könnte sich um eine Idee handeln. Hat der Kommissar Schneider etwa eine Idee? Und darf keiner sie wissen? Nur seine Frau darf etwas merken? Weiß sie denn, was er meint, wenn er sie darauf anspricht in verschlüsselter Form? Oder ist überhaupt nichts? Fragen über Fragen, die sich der Leser stellt. Hier kann vorab erst mal Abhilfe geschaffen werden. Der Kommissar hat mit Sicherheit keinerlei Idee, wie es weitergeht. Er läßt sich Zeit. Irgendwas wird er hier im Orient schon ermitteln. Und keiner kann ihn davon abhalten.

Die Party war in vollem Gange. Direkt im Eingangsbereich war das überreiche Buffet aufgebaut. Leckereien in einer ungenannten Menge häuften sich auf dem zum Zerbersten vollgestopften Tapeziertisch. Da, eine Melone, gefüllt mit Heringen, hier ein Schweinskopf, in seinem Maul steckte ein Apfel, der Rest des Schweins waren Frikadellen, die hinter dem Kopf aufgereit waren, jede Menge Weintrauben, dann eine ganze Familie Flußkrebse in allen Größen, Hämmchenbollen, Reissalat und eine Unmenge Käsesorten glotzten den Kommissar an und warteten auf Verspeisung ihrer selbst. Der Kommissar Schneider hatte leider eben zu Hause noch im Kreise seiner Gastfamilie eine Fischsuppe gegessen mit sehr viel Weißbrot, so hatte er gar keinen Hunger mehr. Er ärgerte sich maßlos darüber. Warum hatten die denn nicht gesagt, es gibt was zu essen! Jetzt ging er verstohlen vor dem Buffet auf und ab und schob verschiedenste Essenssachen heimlich in die Plastiktüte, die er hier im Vorraum der Toilette hatte liegen sehen. Schnell war sie voll, da steckte er sich weitere kulinarische Genüsse einfach in die Hosentaschen und zwischen Hemd und Bauch. Der Kartoffelsalat war ziemlich kalt, und er mußte nach Luft japsen, als er ihm in die Unterhose lief. So, genug. Er kämpfte sich in den eigentlichen Partyraum durch. Hier wurde getanzt, was das Zeug hält. Nicht nur Orientalen waren wohl eingeladen, sondern viele Engländer und Briten. Kommissar Schneider war der einzige Deutsche. Er wurde schnell an seiner steifen Haltung erkannt. »Herr Kommissaaaaaar! Welche Ähre Sie für uns gäben! Nein, wie gut Sie aussehen! Was haben Sie denn da in der Jacke?« Die Stimmung der gerade noch freundlichen Gastgeberin schlug plötzlich um, als sie die Essenssachen in des Kommissars Jackett bemerkte. »Ich war einkaufen auf dem Markt, Madame! Und genau dieselben Sachen liegen hier ja aus, das ist ja ein toller Zufall, nicht wahr? Ich war eben noch einkaufen! Ja, so kann es gehen!« Der Kommissar wußte sich aber auch in jeglicher Situation zu helfen! Die Gastgeberin entschuldigte sich sogar für ihren dummen Verdacht, nein, daß wäre ja nur ein Spaß gewesen. Der Kommissar unterhielt sich über eine Stunde mit ihr, der tatsächliche Wortlaut ist verschollen. Dann stellte sich ihm ein »Scheich Harun Ben Eisenmangel Ibn Kartoffelkeller Halef Ramses der 204.« vor, angeblich ein direkter Nachfahre von Tut anch Schmauch, ob es stimmte, konnte der Kommissar nicht herausfinden, denn so viele Leute er auch befragte, keiner kannte Tut anch Schmauch. Schade. Am Kamin saß mit dem Rücken zum Kommissar und auch zur übrigen Fete eine verhüllte Person. Man konnte nichts erkennen, auch wenn man um ihn herumging. Außer, daß er im Gesicht anscheinend eine Unmenge von Pusteln und Hautrötungen aller Art hatte. Sie schimmerten durch den offenbar angeklebten Bart hindurch. Kommissar Schneider stolzierte mehrmals um den geheimnisvollen Gast herum, dabei sog er genüßlich an seiner mitgebrachten Pfeife. Was für eine Party. Der Geheimnisvolle nickte einmal ganz, ganz kurz mit dem Kopf, der Kommissar grüßte zurück und entfernte sich wieder. Er traf die Gastgeberin, diese vollbusig brünette Inderin von vorhin. »Wer ist denn das, wenn man mal fragen darf, werte Frau?« Die Gastgeberin zog den Kommissar weg von den anderen in eine Ecke, wo ein Sofa, hier sagt man, glaube ich, Diwan, stand. Sie zog ihn dicht an sich heran, und sie kamen auf dem Diwan zu liegen. Dann öffnete sie verführerisch ihre Schenkel, wie es für Frauen so üblich ist, und leckte ihn am Ohr. Er konnte nicht widerstehen, er poppte sie vor allen Umstehenden durch, was das Zeug hielt. Ob sie damit von seiner Frage nach der unbekannten Person ablenken wollte? Als der Kommissar von ihr abließ, begann im Partyraum der Foxtrott. Ein paar tuschelten aber noch ein bißchen über die beiden Turteltäubchen. Die Gastgeberin fragte den Kommissar, ob er mit ihr gehen wolle. Kommissar Schneider schlug eine Bedenkzeit von ein, zwei Tagen vor, in der sie sich vielleicht besser nicht sehen sollten, damit man auch genau weiß, ob Liebe im Spiel ist. Der geheimnisvolle Kunstbartträger war jedoch noch nicht ganz vergessen, gewissermaßen brachte er sich selbst für einen Moment in das Gedächtnis Kommissar Schneiders zurück. Er warf sich schmerzgekrümmt in den Kamin. Der Bart fing sofort Feuer. Ein Diener schmiß sich rettend über den Verrückten, und ein zweiter kam mit einem Eimer Wasser. »Werfen Sie diesen Köter raus!« Der, der in den Kamin sprang, streckte seinen Arm mit dem Zeigefinger nach einem Hund aus, der zufällig in das Kaminzimmer gelugt hatte. Der Hund hatte sich am Buffet vollgestopft und wollte jetzt mal gucken, wer hier so sitzt. Jemand gab ihm einen Fußtritt, und winselnd zog er von dannen. Der, der den Hund beschimpfte, kam wieder zu sich und entschuldigte sich vor den Leuten für die Unannehmlichkeiten. Dabei warf er zur Versöhnung mit gebündelten Dollarnoten um sich, jeder konnte etwas von dem Geld aufschnappen. Er mußte unermeßlich reich sein, daß ihm das nichts ausmachte! Es waren bestimmt über eine Million Dollar, die er da rumschmiß! Der Kommissar wurde aufmerksam. Das gibt es doch gar nicht, dachte er bei sich. Diesen Typen wollte er sich doch mal genauer ansehen, aber nicht hier. Er wendete sich wieder der Gastgeberin zu. »Übrigens, ich danke Ihnen noch einmal für die herzliche Einladung zu Ihrer Party, Frau … ähhhh!« – »Mein Name ist Sulaika Schmidtbauer, mein Vater war Deutscher, er starb im Kongo bei dem Versuch, einen Gorilla zu konfirmieren, er war Pastor, tja, so spielt das Leben. Meine Mutter wurde danach von ihrem Stamm verstoßen. Sie gehörte zu den Ogalallhas, einem nordamerikanischen Indianerstamm, eigentlich friedliebend, nicht so wie die Kiowas. Die Apatschen kennen sie, ja? Ja. Wahrscheinlich wegen Winnetou 1, 2 und 3. So, ich muß spülen, wir haben noch keine Spülmaschine, wenn sie wollen, können sie abtrocknen helfen. Ach, übrigens, ich hatte ihnen gar keine Einladung geschickt. Was für ein Zufall, nicht?« Der Kommissar wollte aber nicht wieder spülen, das mußte er nämlich schon bei seiner Gastfamilie. Aber wer hatte ihm denn die Einladung geschickt? Er schaute in die Runde. Da sah er den, der in den Kamin gesprungen war, der den Hund beschimpfte, den, der die Pusteln im Gesicht hatte! Dieser Mann schaute mit einem unheimlichen Lächeln den Kommissar ungefähr den Zehntel eines Augenblicks an, jedoch konnte er nicht verbergen, daß er es war, der dem Kommissar die Einladung geschickt hatte! Aber, was war der Grund dafür? Kommissar Schneider wird es herausfinden. Er ging schnurstracks heraus aus der herrschaftlichen Villa. Seine Füße trugen ihn noch ungefähr zwei Kilometer, er war besoffen, deshalb ließ er den Wagen stehen. Dann sackte er zusammen und schlief auf dem geharkten Weg eines Volksparks ein. Am nächsten Morgen weckte ihn der, der das Papier aufpickt, ziemlich derb. Er pickte ihm einfach mit seiner Picke in die Nase.

XXI

Das Raubdezernat war am anderen Ende der Leitung. Kommissar Schneider schnaubte vor Wut. Sein Haus war ausgeraubt worden. Und das, obwohl ein Sicherheitsdienst mit der Observation des Hauses betreut war. Rund um die Uhr waren zwei Experten zugegen. Und trotzdem konnten Einbrecher unbemerkt ins Haus gelangen. Für den Kommissar eine fatale Vorstellung. Und die Experten kosteten einiges an Geldern aus der Staatskasse und aus seinem Privatportemonnaie. Seine Frau war diesmal nicht entführt worden. Das hatte lediglich zu bedeuten, daß die Verbrecher diesmal um so schlauer gewesen waren. Frau Kommissar Schneider ist eine rabiate Person, die jeden um den Verstand bringt, der sie klaut. So war es ja schon mal gewesen. Dafür hatten sie den Hund mitgehen lassen. Was der Kommissar und auch sonst keiner wissen konnte, der schlaue Hund war unbemerkt den Dieben gefolgt und hatte sich heimlich in deren Identität hineingelogen. Er drängte sich einem der Verbrecher auf, so daß dieser dachte, er hätte einen herrenlosen Hund auf der Straße gefunden. Dieser Mann war tierlieb und fütterte ihn mit Pal, Chappi, Loyal und anderen Marken. Er wuchs ihm binnen weniger Stunden ans Herz, so daß der andere Täter keine Wahl hatte, er konnte noch so sehr gegen den Findling wettern, der tierliebe Verbrecher behielt Hasso, so hieß der Hund für ihn, er gab ihm den Namen Hasso, weil er keinen anderen wußte. Hasso gehorchte, aber natürlich nur zum Schein. Während der ganzen Zeit, wo der Hund des Kommissars mit den Verbrechern zusammen war, schmiedete er einen Plan, die beiden Männer der Polizei zu übergeben und dem Haftrichter vorführen zu lassen. Wertvolle Gemälde, ein Kamm aus echtem Horn und viele, viele Untertassen aus seltenem Porzellan fehlten nun beim Kommissar im Haus. Außerdem hatten sie auch teure Tapeten kunstvoll abgeschält und aufgerollt. Einige davon wurden wenig später zufällig in einem Tapetengeschäft entdeckt, der Geschäftsinhaber kam ins Gefängnis. Das war erst mal das Ende eines Alptraums für die Frau Kommissar, denn sie hatte sich die Tapeten selber ausgesucht. Aber, wie sie im Fernsehen sehen konnte, war auch für die berühmte Familie Wallert der Alptraum der Geiselhaft auf den Philippinen vorbei. Die Frau Kommissar konnte heute abend im ZDF die Sendung mit Johannes B. Kerner sehen, wo die gesamte Familie zu Gast war. Ein gelungener Fernsehabend. Der Kommissar selbst jedoch hatte im Jemen keinen ZDF-Empfang. Eine Unverschämtheit. Haben die denn keine groß genuge Antenne hier? So telefonierte Herr Kommissar Schneider am Abend mit seiner Frau und ließ sich die Sendung nacherzählen.

Ob sein Haus jetzt ausgeraubt worden war oder nicht, war eigentlich für den Kommissar nicht relevant. Wichtig war, daß er das erste Mal so eine Art Begegnung mit der Person gehabt hatte, die ihn offenbar veranlaßt hatte, in den Orient zu gehen und dort einen Fall zu entwirren. Gemeint war dieser merkwürdige Mann auf der Party, der sich so verhüllt hatte und offenbar eine Aversion gegen Hunde hatte.

XXII

Der chinesische Kirschbaum blühte im Garten der Kirche
hinter dem Marktplatz. In unmittelbarer Nähe ein Spielplatz.
Kinder warfen mit Dreck. Einer baute einen kleinen Berg
aus Sand. Der Sandkasten war mit Hundekot übersät. Frau
Kommissar Schneider stand hinter der Bank, wo die Mütter
strickten. Die Kinder hörten sowieso nicht. »Haben sie gesehen neulich, die Wallerts? Ich möchte nicht in deren Haut
stecken, Frau Kopritzke.« Frau Kopritzke erwiderte nichts, sie
starrte auf ihre Siebener-Nadel. Es sollten Socken werden für
den Kommissar Schneider. Die Frau des Kommissars hatte
den einzelnen Kindesmüttern, die sich hier am Sandkasten
täglich ein Stelldichein geben, befohlen, ihrem Mann Socken
zu stricken. Sie würde dann Weihnachten so tun, als wären
sie von ihr selber gestrickt. Auch hatte sie den Müttern an-
gedroht, wenn die Socken nicht fertig werden vor Weihnachten, müsse sie leider ihren Mann auf deren Männer drauf-
hetzen. Die hätten geklaut, und jemand hätte das gesehen,
im Geschäft, nebenan, die Kasse überfallen usw. oder Fah-
rerflucht. Auch ein Delikt. Die Mütter wollten natürlich keine Unannehmlichkeiten. Also taten sie, wie ihnen von Frau
Kommissar Schneider geheißen. Aber wieso war die Frau
Kommissar denn auf einmal so verändert? Hatte ihr der Verlust des geliebten Tieres, der Hund, der ja den Einbrechern
hinterhergelaufen war, so zugesetzt, daß sie jetzt meinte, die
Gesellschaft müsse es ausbaden? Wollte sie die Mütter de-
mütigen und kaputtmachen? Was war in sie gefahren! Ein
hinzugezogener Psychiater meinte, mit Tabletten kann man

da nichts mehr machen. Ihr würde der Kommissar fehlen. Er solle sie, wenn er wieder zurück ist von der Arbeit in Jemen und Saudiarabien, mal richtig durchorgeln. Frau Kommissar wollte aber nicht warten, sie bestellte einen Mann für bestimmte Gelegenheiten. Im Fernsehen war sie auf diese Möglichkeit aufmerksam geworden. Aufgeregt schritt sie in dem ausdrücklich für diesen Zweck angemieteten Hotelzimmer auf und ab. Wann kam denn endlich ihr Callboy? Es war vier Uhr vereinbart worden, und es war schon bald halb fünf! Da schellte das Telefon. Mit gestreckten Fingern enthob Frau Kommissar der Gabel den Hörer. Am anderen Ende der Leitung war ihr Mann! Das kann doch wohl nicht wahr sein! Wenn es jetzt schellt! Woher hatte er die Hotelnummer? Sie stotterte. »Was ist denn, Frau? Warum so aufgeregt? Ich habe dir einen Chip einpflanzen lassen, bevor ich abgereist bin, damit ich weiß, wenn was ist! Mach dir keine Sorgen, mir gehts gut! Und wie geht es dir?« Die Frau Kommissar wollte gerade antworten, da fiel ihr der Hörer aus der Hand, denn es schellte Sturm! »Hallo?« Der Kommissar wurde ungeduldig. »Haaaalllooooo!!!« schallte es aus dem Hörer, der auf dem Teppich vor sich hinbaumelte. Im Türrahmen stand ein bürgerlich gekleideter Herr mit Aktentasche. »Guten Tag, Frau Kommissar, ich bin Joe, der Callboy! Küss schon mal die Hand!« Das nahm der Kommissar nebulös aus dem Bakelithörer zur Kenntnis. Ihm quoll der Kamm! Was mußte er da, Zehntausende von Kilometern von zu Haus, jetzt so nebenbei mal mitbekommen? Seine Frau hatte sich mit einem Callboy verabredet? Ja, hatte er denn überhaupt richtig gehört?! Frau Kommissar nahm schnell den Hörer und gab mit verstellter Stimme die Information »falsch verbunden«. Dann

Guten Tag,
Traukommiss
ich bin
Joe, der
Callboy!

legte sie zitternd auf. Jetzt war es sowieso egal. Das Telefon hörte die ganze Zeit, wo der Callboy sich im Hotelzimmer mit Frau Kommissar aufhielt, nicht auf zu schellen. Der Kommissar ließ den Apparat ca. 20 000 mal schellen, bevor er ohnmächtig wurde vor Wut. Im Hotelzimmer jedoch nahm ein herrlicher Nachmittag für Frau Kommissar Schneider und ein normaler Arbeitstag für den Callboy Joe seinen Verlauf. Zunächst einmal stellte sich der Galan einem höflich vor. Dann rief er in seinem Büro an, es würde zwei Stunden dauern, und wenn es länger dauert, ruft er nochmal an. Dann öffnete er die Aktentasche und stellte der Frau Kommissar einige interessante Liebeshilfsmittel vor, Gummisachen und ein paar Schlüpfer aus Latex und dünnem Lackleder, teilweise aber leider schon mehrmals ausprobiert. Frau Kommissar kaufte einige Exemplare von dem Callboy Joe. Dann entkorkte er eine Flasche billigsten Sekt und goß ihr und sich die Gläser voll. Derart angeschwipst ließ sich die Frau Kommissar von dem Fremden an erogenen Zonen anpacken und küssen. Zum Küssen nahm der Callboy jedoch Lippenpariser, um auf Nummer Sicher zu gehen. Er wollte weder sich eine Erkältung oder ähnliches einfangen, noch wollte er seine Kundin mit seinen Bakterien benetzen, vielleicht hatte er ja auch eine Erkältung im Anzuge. Ach so, er zeigte der Frau Kommissar sein Gesundheitszeugnis. Es war einwandfrei. Das einzige, was er hatte, war Lungenkrebs vom vielen Rauchen, er war starker Raucher. Er poppte ausschließlich mit Zigarette im Mundwinkel. Aber das fand die Frau Kommissar erregend. Ihre Beine waren mit Quaddeln übersät, als er nach zwei Stunden von ihr abließ. Sie hatte eine ausgewachsene Allergie gegen sein Intimparfüm bekommen. Aber das klingt ja

nach ein paar Tagen ab. Rundherum ein schönes, angeneh-
mes Erlebnis. Sie wird ihn wieder anrufen, gewissermaßen
sein Büro. Vielleicht hat sie ja Glück, dann kommt er wieder,
oder zumindest einer, der ähnlich höflich ist und weiß, mit
einer erfahrenen Frau umzugehen. An diesem Abend fiel sie
zufrieden in ihr Heiabett. Vergessen der Verlust des Hundes,
vergessen der Kommissar, vergessen die Pille. Sie schreckte
hoch! Oh Gott!!! Die Pille! Sie hatte die Pille nicht genommen! Was, wenn jetzt ... gar nicht dran zu denken! Nein, das
gibt Ärger!!! Eine von Ferne hereingewehte Melodie machte
sich im Schlafzimmer breit und ließ die Frau Kommissar mit
offenen Augen darniederliegen, den Schrecken noch im Gesicht. Dann war Schluß. Nächste Folge.

Verdammt, wo hatte der Kommissar denn schon mal dieses
Gesicht gesehen? Das heißt, Gesicht konnte man es nicht
nennen, es war ja größtenteils vermummt. Dieser Scheich
da, auf der Party. Woher kannte er ihn? War er ihm hier
im Orient denn vielleicht schon mal begegnet? Kommissar
Schneider hatte sich von dem Schock erholt, den er bei seinem
Anruf nach Hause erlitten hatte. Es war wohl eine Verwechslung gewesen, seine Frau sagte ja: »Falsch verbunden!« War
wahrscheinlich wirklich ein Versehen. Na ja, sowas würde sie
eigentlich auch niemals machen, einen Callboy engagieren.
Nein, das tut sie nicht. Zufrieden hatte sich der Kommissar
zurückgelehnt und die Verwechslung als solche abgetan.

Aber jetzt stand er im 3. Kommissariat des Polizeidienstes in Habakug, 46. Straße, Ecke Hamadar-Stadion. Fußballspiele fanden hier schon lange nicht mehr statt, seitdem es einmal einen Unfall mit der Stehplatztribüne gegeben hatte. Die Bilder in den Akten sagten dem Kommissar nicht viel. Er sah gerade die Hundertvierzigste Akte gewissenhaft durch, da fiel ihm ein Polizeifoto schier ins nackte Grinsen! Er hatte ihn gefunden! Muhammad el Papageno, der gesuchte Scheich! Ja, das mußte er sein. In der Beschreibung stand folgendes: Name: Muhammad el Papageno, Sohn eines arabischen Scheiches und einer Italienerin, die in der Schweiz aufwuchs. Beruf: Scheich. Jahresgehalt: dreißig (dreißig!!!) Milliarden amerikanische Dollar! Und das bei einem zwei-Stunden-Tag! Drei-Tage-Woche! 13., 14., 15., 16., 17., 18., 19., und 20. Monatsgehalt wurde im voraus ausgezahlt! Zusätzlich! Was für ein reicher Mann! Der Kommissar erschreckte förmlich. Er platzte umgehend vor Neid. Aber nur einen einzigen Moment, dann war er wieder ganz Kommissar Schneider. Der Neidlose! So nannten ihn seine Kollegen. Ach, was würden seine Kollegen von ihm denken, wenn sie wüßten, wie ratlos der Kommissar Schneider jetzt ist? Denn solch ein reicher Mann war kaum zu schnappen! Wenn er was verbrochen hat, wie der Kommissar sich nun unschwer ausgedacht hatte, war dieser Mann so gut wie nie dingbar zu machen. Der braucht doch nur in sein Portemonnaie zu packen und die Scheine tanzen zu lassen! Jeder ist bestechlich heutzutage! »Auch ich!« dachte der Kommissar bei sich. Aber so kennen wir ihn ja gar nicht! Kommissar Schneider ist doch nicht bestechlich! Richtig! Doch er kann sich in eine bestechliche Person hineinversetzen, nur um den Verbrecher mit seiner

Unbek. Sleich am Kamin!

eigenen Masche zu verhaften. Schmunzelnd zog Kommissar Schneider die Akte aus dem Regal und ließ sie in seinem Trenchcoat verschwinden. Die Leute lachten über den merkwürdigen Mann, der im Orient bei vierzig Grad im Schatten mit einem Trenchcoat rumläuft und seine Schiebermütze tief in die Stirn kippt, Pfeife im Maul und mit einer weißen Nappaledertasche bewaffnet, dazu weiße, viel zu große Schuhe. Er wollte auffallen, damit er einen Verfolger hat. Das macht er öfter mal, nur so zur Übung. Er wird ihn dann schon los. Er muß im Training bleiben. Und siehe da, einer war ihm schon auf den Fersen. Ein hochgewachsener Mann, der es auf den Inhalt seiner Handtasche abgesehen hatte, denn als der Kommissar in die Straßenbahn steigen wollte, schnitt der Mann ihm die Tasche vom Handgelenk ab und rannte weg. Wenig später war er sicherlich enttäuscht, denn bei der Tasche handelte es sich um eine Attrappe, die sich nach hundert Metern selbst zerstört. Hihihi! Kommissar Schneider rieb sich die Hände, als er mit der Straßenbahn an dem Dieb vorbeifuhr, auch grüßte er freundlich.

XXIII

Muhammad el Papageno saß in seinem Kinderzimmer und speiste Datteln. Die Tapeten waren total vollgespuckt. Dattelkerne. Die Putzfrau durfte sie nicht wegwischen, weil der Scheich immer, wenn das Zimmer vollgespuckt war, umzog in eine andere Suite. Das Hotel, in dem er residierte, war nicht sein einziges Domizil. Er hatte genug Geld, um sich in Paris eine Villa, in New York ein Apartment und in Los Angeles einen Bungalow leisten zu können. Außerdem hatte er in der Schweiz ein Chalet und in Berlin-Mitte ein viel zu teures 12 Quadratmeter Zimmerchen mit Aufzug im 5. Stockwerk eines ehemaligen Zigarettenlagers, das jetzt zum Juppi-Wohnhaus umstrukturiert worden war. Hier fühlte er sich zwar nicht sonderlich wohl, doch mußte er das Spektakel mitmachen, denn hier zu wohnen war für einen reichen Mann wie ihn ein außerordentliches Muß. Auch kleidete er sich hier anders als in den anderen Domizilen, wo er nur in Scheichkostümen rumlief. Hier in Berlin tat er sich mit schwarzen, langen Mänteln und Hüten sowie weichen Schnabelschuhen und Zigarren aus Kuba im Mund hervor. Er war »in«. Zurück nach Fez. Dort saß er auf dem wertvollen Pedikür-Stuhl aus Petersburg und ließ sich die Fußnägel feilen. Der Mann, der dies tat, war auch gleichzeitig sein Leibwächter. Er hieß Volker. Ein deutscher Name. Er war auch Deutscher, weil die Deutschen die bestausgebildeten Leibwächter hatten. Er war nicht nur äußerst brutal und gewieft in allen Kampfsportarten, sondern er hatte auch Abitur und konnte bei Gesprächen auf hohem Niveau mithalten. Jetzt feilte er mit sanftem Druck des Scheichs Fußnägel, damit die Socken nicht immer an den großen Zehen vorne Löcher bekamen, denn der Scheich rutschte in seinen Schuhen ein wenig nach vorne, weil er immer, wahrscheinlich aus Eitelkeit, zu große Schuhe trug. Er hatte nur Schuhgröße 40, das war ihm zu damenhaft. Also griff er meist in den Schuhgeschäften der Welt in die 42-er-Regale. Doch machte es ihm ja nichts aus, die Sache mit den Socken. Er hatte ja genug Geld. Volker rief mal eben seine Mutter an in Deutschland. Eine geschiedene Mittsechzigerin, die in dem verlassenen Gehöft ihres Großonkels ein bitterarmes Dasein führte. Die Kälte kroch in diesem Haus durch alle Ritzen. Eiszapfen hingen an den Fensterstürzen, und das Dach war undicht. Schweinezucht, das war es einmal gewesen. Aber dann kam die Krise. Schweinepest. Alle Schweine mußten geschlachtet werden. Wenn sie doch nur ein einziges hätte behalten können. Dann wäre ihr wohler. Sie wußte wohl, daß ihr Sohn im Ausland agierte, jedoch von seiner Tätigkeit als Leibwächter hatte sie ja keine Ahnung! Dann hätte sie vor Gram schon längst ins Gras gebissen. »Hallo Mama! Na, wie gehts? Alles im Lack bei dir auf dem Schweinehof?« – »Ja, mein Sohn! Die Schweine fressen gerne alte Äpfel!« (Der Sohn wußte nämlich auch nichts davon, daß alle Schweine tot waren!) »Ich füttere sie jeden Tag zwei Mal!« – »Das ist toll, Mama! Ich bin Leibwächter bei einem reichen Scheich!« Oh! Jetzt hatte er sich ungewollt verraten! Am anderen Ende der Leitung war ein gramvolles Röcheln zu hören, dann war der Atem ganz weg. Die Frau war gestorben, der Sohn legte auf. Ein hartes Los für ihn nun, und er war es ein bißchen selber schuld. Daran hatte er ab da zu knacken. Er entwickelte deshalb einen Tick, er schnalzte

unaufhörlich mit der Zunge und rief laut: »Kacke! Kacke!«
Dann pfiff er wie ein Vogel. Der Scheich schmiß ihn am selben Tag raus. Jetzt brauchte er einen neuen Leibwächter. Er
inserierte in der Zeitung. »Leibwächter von Scheich al Papageno gesucht! Reiche Belohnung! Bakschisch! Bakschisch!«
Als der Kommissar Schneider dies in der Tageszeitung zur
Kenntnis nahm, reifte in ihm der Gedanke, es selbst mal zu
versuchen! Er wollte sich da mal vorstellen, vielleicht wurde
er genommen und konnte so vor Ort natürlich besser ermitteln! Ja, genau! Was für ein toller Zufall! Er schmierte sich ein
Butterbrot mit Rübenkraut und ging los. Doch hätte er gewußt, was ihm alles auf dem Weg zu dem Scheich passieren
würde, wäre er lieber zu Hause geblieben. Und überhaupt,
seit Monaten war eigentlich nur Mist passiert, und er konnte
sich keinerlei Reim auf irgend etwas machen. Aber wir wissen mehr, nicht wahr, liebe Leserinnen und Leser? Ab hier
folgen wir einmal ausnahmsweise dem Tagebuch des Kommissars Schneiders, das er sich heute an der Zeitungsbude in
Fez gekauft hat, und in das er nun alles, oder zumindest das
meiste, hineinkritzelt. Wenn er eine Hand frei hat.

Tagebuch des Kommissars Schneider, angefangen am 23.
November 2000.

»Es ist wieder soweit. Gestern hatte ich noch mehr Hunger um diese Tageszeit, aber heute ist mein Magen besser
gefüllt. Es liegt daran, daß ich soeben gegessen habe. Ein

Krabbenbrötchen von der Nordsee, hier in Fez im Sonder-
angebot, da wo ich dieses Tagebuch gekauft habe. Morgen
hat Tante Hedwig Geburtstag. Ich darf ihn nicht vergessen.
Oh, was sehe ich denn da? Einen Verkehrsunfall! Schnell!
Ich muß hin, helfen! Ich ziehe gleich einen Autoinsassen aus
dem Wrack, es handelt sich um zwei ineinanderverkeilte Per-
sonenwagen. Es ist nicht weiter schlimm, was da passiert,
ich komme ja gerade zur rechten Zeit. Guten Tag, ich bin
Kommissar Schneider aus Deutschland! Machen sie sich keine Sorgen! Ich hole sie da raus! Der Wagen kann jeden Moment explodieren! Ich schreibe eben das hier auf, dann ziehe
ich sie raus aus dem brennenden Wrack, ja? Moment, eben
noch eine Skizze vom Unfallort malen. Ach, Quatsch, brauch
ich nicht, egal. So, hier, nehmen sie meine Hand. Oh, es
ist geschafft. Bumms! Klirr! Kladderadatsch! Explodier! Der
Block hier kann die vielen Worte, die man für eine richtige
Autoexplosion verwendet, gar nicht alle aufnehmen. So, ich
laufe die Straße herunter zum Blumenladen. Hier kaufe ich
für meine Frau ein paar Blümchen. Ich werde sie zu Hause
in den Eisschrank legen, damit sie in vier Wochen, wenn der
Fall hier hoffentlich geklärt ist, frisch sind. Dann nehme ich
sie mit ins Flugzeug. Ich fahre auf keinen Fall wieder mit dem
Motorrad so weit. Totaler Quatsch! Der einzige der daran
verdient, ist der Tankstellenbesitzer! So, Luft abgelassen. Ich
weiß nicht, was ich jetzt in mein schönes Tagebuch schreiben
soll! Ah, vielleicht das hier: Schönes Wetter, der Himmel ist
blau, und es ist vierzig Grad im Schatten. Ich schwitze. Aber
am Strand weht ein kühler Wind, da geh ich hin. Oh, schön
hier! Lauter Schwimmerinnen und Schwimmer! Ich kann leider nicht …«

Also, das ist ja der letzte Mist, der da in Kommissar Schneiders Kopf herumgeht! Möchte man fast meinen. Aber es handelt sich auch hier um Vertuschung und äußerst intelligentes Sichverstellen eines Menschen! Wäre ja auch zu leicht, wenn jemand das Tagebuch finden sollte und daraufhin auf Kommissar Schneider irgendwelche Rückschlüsse ziehen könnte, die auch nur annähernd etwas mit seinem irren Erfolg als Kommissar zu tun hätten! Jetzt also lieber in der dritten Person weiter, denn wir sollten Kommissar Schneider erst gar nicht in die Karten schauen, das kapieren wir nicht. Begnügen und vergnügen wir uns weiterhin mit seinen komplizierten Fällen.

XXIV

Das Dixie-Klavier jaulte unter den schweren Händen des dicken gestreiften Pianoplayers. Eine Qualmwolke nicht von schlechten Eltern lag unter der niedrigen Spelunkendecke. Ein Fischernetz baumelte hilflos an drei krummen Nägeln im Hafenwind, der durch die geöffnete Tür das Weite suchen wollte. Der Schlagzeuger drosch auf die Felle, daß es krachte. Ein Solo bahnte sich seinen Platz über dem Pfeifkonzert der Betrunkenen, die hastig ihre Gläser irgendwohin stellten, um zu klatschen und mit den Füßen zu trampeln, der hagere Kellner trat den Gästen, die nicht rücken wollten, derb auf die Schuhe und erreichte so die letzten Winkel, um seine Biergläser zu verkaufen. Müde malte er die Striche auf die Deckel, mit einem Zimmermannsbleistift. Er hatte tiefe Augenhöhlen. Draußen gab es zwar keinen Hafen, aber die Bar hatte etwas Maritimes. Düsseldorf, Altstadt. Die Dixieland-Band »Faßbierramblers« gaben sich die Ehre. Es war gleichzeitig eine Ausstellungseröffnung, der Künstler stellte sich selbst aus. Er hatte sich in die Ecke des Lokals gestellt und mit Rauhfaser tapezieren lassen, dazu trug er einen einzigen Schuh, wo beide Füße reinpaßten. Er nannte das Objekt »Tarzan in Unterhose«. Die Presse war schon dagewesen, jetzt wurde gefeiert. Die Fete ging schon zwei Stunden, plötzlich fiel der Künstler, der sich geheimnisvoll »Heiabett« nannte, um. Er schlug mit dem tapezierten Kopf gegen einen Stahlkappenschuh. Keiner bemerkte, wie der, dem der Schuh gehörte, versuchte, den Schuh im letzten Moment wegzuziehen. Es gelang ihm nicht. Der Schädel des Künstlers zer-

Dixiland

platzte wie ein fauler Kürbis. Heraus quoll Haferflockenbrei. Es handelte sich also nicht um einen lebenden Menschen! Dies wurde jetzt erschrocken zur Kenntnis genommen. Der Künstler war gar nicht anwesend gewesen! Dummerweise hatte der Mann mit dem Stahlschuh seinen Fuß nicht wegziehen können. Jetzt war er verunsichert und rannte unerkannt aus dem Lokal auf die Straße, dort in einen Lieferwagen und startete durch. Weg war er. Die Gesellschaft in der Kneipe hob den »Künstler« auf. Sie legten ihn auf die Theke. »Der ist ja gar nicht da!« sagte einer. Enttäuscht gingen die Gäste raus und verließen den Ort der Vernissage. Auch die Band hörte auf und wurde ausgezahlt. Als der Laden leer war, putzte der Barkeeper eben noch die Gläser und stellte die Stühle hoch. Da geschah es. Aus dem Fußboden ragte unter lautem Getöse eine Kreissäge! Genau da, wo der Kellner stand! Schnell sägte die Säge einen Kreis um den Armen, und als sie aufhörte, senkte sich der kreisrund ausgesägte Teil mit dem Kellner drauf und fiel in den Keller. Ratten machten sich über den Mann her. Er hatte keine Chance. Das Plätschern des Zimmerbrunnens, der im Lokal auf dem Tresen stand und den man jetzt in der Stille, die nur durch das Schmatzen der Ratten unterbrochen wurde, hörte, machte die Tiere höchst nervös. Sie zerrten teilweise handtellergroße Stücke Haut und Fleisch von dem Kellner. Der kämpfte bis zum Schluß. Am Ende dampfte es ein wenig, weil alles so schnell ging, und die Ratten rannten auf die Straße, zwischen den Beinen der schrill kreischenden Frauen, die einen Bummel durch die Altstadt machen wollten, umher. Diesen Abend werden sie nie vergessen. Aber auch die Polizei nicht, denn als sie den Kellner so zugerichtet fand – auf den anonymen Anruf eines verschnupften Mannes hin –, drehte sich ihnen der Magen um. Und Kommissar Schneider? Der war im Orient. Aber das war nur die Basis für das Hauptverbrechen, daß der »Künstler« nämlich von langer Hand geplant hatte! Er hatte jedoch nicht mit dem kleinen Fehler gerechnet, daß man ihn nämlich durch den unbedachten Fußtritt entlarvt hatte als nicht anwesend. So fehlte ihm, ohne daß er etwas davon mitbekam, denn der Stahlbeschuhte war bereits auf dem Weg nach Argentinien, das wichtige Alibi!

Diese kleine Episode sollte dazu führen, daß Kommissar Schneider ein Telegramm bekam von der Bezirksdirektion Düsseldorf, in kürzester Zeit nach Hause zu kommen und den mysteriösen Mord in der Kneipe zu untersuchen. Der befrackte Zimmerkellner des Hotels, in dem sich unser Kriminalist jetzt seit drei Tagen wieder aufhielt, klopfte an die Tür. Das Hotel war nach der Explosion provisorisch wieder aufgebaut worden. Viele Leute hatten daran teilgenommen. Es gab sogar einen Frühstücksraum und einen Keller, der jedoch in Ermangelung der Tatsache, daß das Erdreich nicht mehr aufgebaggert werden konnte, weil zuviel Schutt den Weg versperrte, sich im oberen Stockwerk des Hauses verbarg. Die Küche fiel ganz weg, dafür besorgten sich die Leute ihr Essen selber, indem sie auswärts essen gingen in den vielen unzähligen Restaurants und Pommesbuden auf der Touristenmeile, die dem Hafen vorgelagert war. Der Hafen befand sich zweihundert Kilometer außerhalb der Stadt, ist klar. Weit weg, damit das Hupen der Schiffe niemanden störte in der Hotelruhe. Gardinen gab es keine. Der Lift ging auch nicht. Das Hotel an sich war nur gemalt. Also konnten sich die Leute alle gegenseitig beobachten, die hier eingezogen waren. Ganze Familien beschwerten sich bei ihren Reiseleitungen, daß das Hotel anscheinend nur eine Fiktion war. Aber der clevere Hotelmanager hatte vorgesorgt: er verteilte Ohrlaschen, wo es ging, damit sich keiner beschwert. Sie lebten in Angst vor diesem hünenhaften Verbrecher. Das Schwimmbad des Hotels bestand aus einem Handtuch, das an einem rostigen Nagel in einem herumliegenden Ast eingeschlagen war. Ein Hund pinkelte regelmäßig auf dieses Handtuch. Er war aus Bronze. Ein Relikt aus der Bronzezeit. Themawechsel: Der Kommissar öffnete die Tür mit seinem Schwanz, der zum Verzaubern gebogen war, eine Art Lächeln, doch als er nur den Zimmerkellner erblickte, anstatt die bestellte Hausdame, bog sich sein Glied sofort streng zur Seite. »Geben sie schon her, sie Affe!« fuhr er den armen Mann an und entriß ihm den Brief, um ihn sofort aufzuessen. Das macht er immer so, um keine Mitleser hinter seiner Schulter zu bedienen. Er verdaut solche Briefe und liest sie später auf dem Klo. Ein wahrhaft schlauer Detektiv. Das Wetter war schön. Vöglein zirpten in der Luft. Der Kommissar Schneider begann seinen Morgenspaziergang. Er schwang die Arme munter in der Morgenluft auf und ab. Der Spaziergang sollte auch ein Jogging sein. Er bog in den kleinen Wald vor der Wüste ein. Hochgewachsene Tannen stellten sich ihm in den Weg, doch er hatte sein kleines Taschenmesser dabei, mit dem er teilweise kleine Ästchen und Blätterwerk entfernte aus seiner Gehrichtung. Eine Flasche Parfüm hatte er auch dabei, falls mal jemand Parfüm braucht. Es war Sitte in jenem Land, sich so oft wie möglich die linke Hand mit einem Schwall Parfüm zu begießen, damit sie besser riecht, wie die linke. Blumenreiche Sprache.

Inzwischen war die Frau des Kommissars in ein Flugzeug gestiegen und gegen 18 Uhr aus dem Lande gereist. Ihr unbekanntes Ziel jagte dem Piloten Angst ein: Jemen! Sie wollte doch mal gucken, was der Herr Kommissar denn da so macht. Ob er fremdgeht. Um auf Nummer Sicher zu gehen, zog sie sich einen vollkommen körperverhüllenden Schal an, der erst an den Zehenspitzen aufhörte. Sie trank während des Fluges Sinalco. Das machte sie lustig. Angekommen, stieg sie völlig gut gelaunt aus dem Jet. Sie nahm ein Taxi und befahl dem Fahrer, sie ins Hotel »Hitzekoch« zu fahren, dort vermutete sie ihren Mann, denn es war im Michelin drin. Und siehe da, als sie aus dem Taxi stieg, rempelte sie der Kommissar Schneider prompt an. Er zischte sie an, daß es niemand hören konnte: »Bist du verrückt? Du kannst doch nicht hierhin kommen! Schnell, fahr wieder zurück, vielleicht bekommst du die letzte Maschine noch! Es ist wahnsinnig gefährlich für dich hier! Ich arbeite unter falschem Namen, ich darf dich nicht kennen! Und nun, weg! Schnell! Hier, ein paar Mark für das Ticket! Guten Flug!« Und er drehte ihr den Rücken zu und verschwand im Getümmel vor dem Hotel »Hitzekoch«.

107

Der Frau Kommissar blieb nichts anderes übrig, als dasselbe Taxi zurück zum Flughafen zu nehmen und nach Hause zu fliegen. Auch gut, die Fenster müßten mal wieder geputzt werden. Sie war sogar zufrieden, ihn wenigstens gesehen zu haben. Als sie im Flugzeug saß, dachte sie voller Ehrfurcht an ihren wackeren Mann, der es sogar auf sich nahm, sie nicht hier zu haben. Dabei hätte sie ihm so schön die Schuhe zumachen können oder mal den Fußboden bohnern, das kennen die ja nicht hier. Na ja, das Wetter war schön, und sie konnte von oben Italien sehen. Das war ja lustig, das sah ja so ähnlich aus wie ein, ja, wie ein Stiefel, könnte man fast schon sagen. Erstaunt gingen ihre Augenbrauen hoch, und sie versuchte sich dem Sitznachbarn verständlich zu machen, der das vielleicht noch nicht wußte.

XXV

Es zwirbelte stark, als der Bartschneider sich in den Nacken-
haaren des Kommissars verfing und das Gerät sofort aufhörte. Der Friseur sah den Kommissar böse an. Mit krummen Fingern nahm er den Stecker raus und schloß das Gerät
wieder erneut an, jetzt ging es wieder. Kommissar Schneiders Haare waren zu lang geworden. Dann hat er immer
Schwierigkeiten, seine verschiedenen Haarteile aufzusetzen,
die er aus Gründen von Ermittlungsstrategien täglich mehrmals wechselte. Deshalb hatte er immer eine dicke Lederta-
sche bei. Das hat er früher auch schon mal gemacht, aber
nicht so intensiv. Hier im Orient mußte er sich außerdem
verschiedenste Gangarten ausdenken, um falsche Identi-
täten anzunehmen. Die Marokkaner gingen zum Beispiel
langsamer wie die Jemeneher. Das liegt an der Hitze. Die
Sudetendeutschen gehen ja auch krummer wie zum Beispiel
die Holländer. Das liegt an den bergigen Dörfern, in Holland ist doch alles flach. Der verrückte Deutsche, so nannten sie ihn schon. Weil er mal schlenderte, dann hochhackig
stolzierte, danach ein Bein weit nach hinten warf, und auch
mal auf allen vieren ging. Doch wußte denn jemand, daß
es sich um den großartigsten Kommissar Europas handelte? »Bitte schneiden sie mir einen hohen Pony! Ja, so ist es
recht!« Der Friseur war bekleidet mit einem roten Frack und
Knickerbockern aus schwarzem Samt, dazu trug er einen
Schal aus diesem Leopardenfell-Look-Scheiß. Und einen Zy-
linder, auch Leoparden-Look-Seidenersatz-Scheiß. Er stank
dermaßen nach Herrenparfüm, daß Kommissar Schneider

extrem ausflippte! Nach Luft japsend drehte er sich mit dem Friseurstuhl einmal um sich selbst, bevor er da heraus entrinnen konnte und mit einer Handvoll Silbergeld den Friseur im Rausrennen ins Gesicht traf. Endlich, frische Luft! Und das bei 50 Grad im Schatten! Egal, Hauptsache Luft!

XXVI

Als er da so draußen in der fremden Stadt ziellos umherläuft, bekommt Kommissar Schneider zum ersten Mal richtig Heimweh. Dicke Krokodilstränen tropfen auf seinen Trenchcoat. Die anderen Passanten beobachten ihn schon wieder. Erst hat er diesen dicken Wintertrenchcoat an, und dann weint der noch! Schnell kommt ein Polizist mit einem Schlagstock und haut auf Kommissar Schneiders Kopf. Blut quillt aus der ernsten Stirnfalte, und er greift benommen an sein Herz. Der Polizist kennt kein Erbarmen. Er schlägt schon wieder auf Kommissar Schneider drauf. Doch da faßt ihn der Kriminalist aus dem Ruhrgebiet am Handgelenk und wirbelt ihn mehrmals hoch oben in der Luft über seinem Kopf im Kreis, dann läßt er ihn mit dem Hintern auf den harten Asphalt krachen. Ein zweiter Polizist rennt über die Straße und wirft sich auf den Kommissar, der duckt sich schnell zur Seite und fängt ihn mit einem geübten Handkantenschlag ab, danach tritt er dem ersten Polizisten nochmals unters Kinn, und dann zieht er seine Waffe, daß heißt er will sie ziehen, aber er trägt hier im Orient keine! Verdammt! Der Polizist fühlt sich bedroht und feuert seine Waffe nun auf Kommissar Schneider ab! Glück gehabt, Kommissar! Schneider fängt die Kugel zwischen den Zähnen auf und spuckt sie derb zurück, an die Brust von einem Polizisten, der kippt nach hinten über. Da kommen Passanten und mischen sich ein! Eine Massenschlägerei beginnt. Der Kommissar Schneider mittendrin! Er sorgt dafür, daß alle beschäftigt sind, und taucht dann durch die Massen hindurch zum nächsten Taxistand. Scheiße, kein

Orientalischer Bulle.

Wagen da! Also rennen! Er rennt durch die ganze Stadt. Polizeisirenen hinter ihm her. Da, das Hotel, keine Zeit mehr, seine Sachen zu packen. Schnell, zum Hinteraufgang und aufs Dach. Da oben auf dem ausgedachten Dach steht ein Ultraleichtflugzeug, daß sich der Herr Kommissar Schneider bei seiner Ankunft vor vier Monaten zurechtgestellt hatte, nur mit ein paar Mispelzweigen getarnt. Es ist noch da! Komisch, trotz der Explosion, die praktisch das gesamte Hotel hat auseinanderfliegen lassen! Wie kommt sowas? Es kommt dem Kommissar zwar vor wie in einem schlechten Buch, aber dafür hat er jetzt keine Zeit! Schnell, das Ding bestiegen und den Motor angeworfen! Rrrrrrrrrr-knatter-knatter-knatter-rrr! Tatsächlich, es fliegt! Schnell gewinnt das Fluggerät an Höhe, Schüsse peitschen durch die Nacht, es ist jetzt auch plötzlich Nacht! Da, ein Abfangjäger! Kommissar Schneider zieht die Fletsche und legt eine Erbse rein! Schwirrrrr! Der Abfangjäger taumelt zu Boden, zwei Männer springen in letzter Sekunde aus dem Flugzeug und rollen sportlich auf der Straße ab, das Flugzeug zerschellt. Kommissar Schneider überfliegt bereits die Stadt Marrakesch, und dann ist schon Gibraltar in Sicht! Spektakulärer ging es nicht, denkt er, und schaut sich noch einmal um. Da laufen sie! In weiter Ferne stehen zwei Kamele vor einer Tankstelle. So kommt es, daß Kommissar Schneider eher zu Hause ist als seine Frau.

Gut, daß er noch vor seiner Flucht aus dem Orient beim Friseur war, denn er muß schnell seine blonde Perücke aufsetzen, weil er als Blonder die Bundesrepublik verlassen hat unter dem einfallsreichen Namen: Alf Schubert. Der war blond im Ausweis. Dumm, die Perücke ist in der Jackentasche, und als der Kommissar Schneider sie herausziehen will, verliert

113

er das Gleichgewicht und stürzt ab! Im freien Fall fallen ihm noch ein paar Abschiedsworte ein, aber er hat keinen, an den er diese Worte richten könnte. Vielleicht hilft es, wenn er mit den Armen unheimlich schnell flattert, wie ein Vogel! Er versucht es wenigstens. Keinen Erfolg, die Fallgeschwindigkeit wird immer höher. Da plötzlich ist über ihm ein Schatten, der anscheinend näher kommt. Kommissar Schneider schaut hoch und entdeckt über sich einen Weißkopfseeadler! Gerettet! Der Seeadler sieht aus zusammengekniffenen Augen, daß der Kommissar Schneider ein gesticktes Abzeichen vom World-Wildlife-Fund am linken Ärmel aufgenäht hat und will ihm helfen. Doch einfacher gesagt als getan! Der Kommissar hat zu dicke Arme, als daß der Adler ihm mit dem gebogenen Schnabel darunter greifen könnte! Was also tun? Der Adler hat eine Idee: er läßt Kommissar Schneider fallen und stiebt wie verrückt zu Boden, um auf dem Maisfeld, wo der Kommissar gleich aufschlagen wird, einen Riesenhaufen Stroh aufzustapeln. In letzter Sekunde gelingt es dem rauhbeinigen, aber gutmütigen Burschen! Kommissar Schneider landet sicher auf dem dicken Haufen Stroh, matratzengleich. Der Adler kümmert sich zwei volle Tage um den Gestürzten. Der kann nämlich nicht laufen, beide Beine verstaucht. So holt der Adler dem Kommissar Schneider unermüdlich Würmer und anderes Getier. Der Kommissar hatte seit seiner Ausbildung als Einzelkämpfer nie mehr solche Delikatessen gegessen. Genüßlich kaut er an einer dicken, fetten Spinne. Da fällt ihm hoch oben am Himmel ein Flugzeug auf, das anscheinend Probleme hat. Nein, doch nicht, es war wohl nur Einbildung. Kommissar Schneider fällt auf einmal in einen Zustand von Trance. Nichts geht mehr. Was ist passiert?

Nach einer Stunde ungefähr laufen bei ihm die Fäden im Gehirn wieder zusammen. Er öffnet die Augen. War er bewußtlos geworden? Er schaut sich um. Seine Tochter sitzt neben ihm am Tisch, daneben der Schwiegersohn, ein langer Kerl in schwarzen Ledersachen mit Unmengen von Piercings im Schädel. Die Frau Kommissar sitzt ihrem Mann gegenüber und hat links und rechts jeweils einen Sozialhilfeempfänger im Arm, beide rauchen stark und trinken Bier. Kommissar Schneider guckt auf den Tisch, da sieht er: DIE FEUERZANGENBOWLE! Jetzt wird ihm klar, daß er zuviel getrunken hat. Er schlägt mit der flachen Hand auf den Tisch. Danach wird er endlich richtig wach, der Scheiß mit der Feuerzangenbowle war nur Phantasie, jetzt ist er wieder auf dem Maisfeld, und der Adler gibt ihm Würmer. Kommissar Schneider muß weg hier, aber wie?

Seine Blicke suchen den Horizont ab. Eine Rauchfahne zeugt von Menschen in der Nähe. Da will er hin. Er kriecht los. Der Adler verabschiedet sich nicht von ihm, er guckt beleidigt weg und läßt den Kommissar ziehen.

XXVII

Zwei Tage sind vergangen, seitdem der Kommissar Schneider seine Herztabletten alle gemacht hat. Ja, das kleine Döschen ist leer mit den Globuli. Egal, es waren Plazebos, Attrappen. Aber das weiß er ja nicht. Nur seine Frau weiß es. Selbst der Arzt denkt, er hätte ihm richtige Herztabletten verschrieben. Seine Frau hat die Tabletten vertauscht, weil sie der Überzeugung ist, Kommissar Schneider hätte gar nichts. Und da liegt sie gar nicht so verkehrt. Kommissar Schneider will nur nach außen manchmal so angeben können mit Herzschmerzen oder so, deshalb hat er vor dem Arzt simuliert! Darauf muß man erst mal kommen. Jetzt war das Döschen, wie gesagt, alle. Kommissar Schneider packt sich dramatisch in die Herzgegend und fällt um. Er macht sogar die Augen zu, denkt dabei aber trotzdem rational. **Der Scheich mit der Hundehaarallergie!** Was hatte das zu bedeuten? Er hatte plötzlich eine Eingebung! Es war ein Scheich, das war klar, und dieser Scheich hatte auch eine Allergie gegen Hundehaare, deshalb war er auf der Fete so übermäßig ausgeflippt! Der Kommissar schreckte hoch und sah in weiter Ferne, wo das Feuer brannte, auch eine Herde Rennkamele äsen. Es mußte sich um eine dieser riesengroßen Karawanen handeln, die sich in Nordafrika zusammenschließen und durch die Wüste marschieren, als wäre es nix. War er denn nicht schon in Spanien? Er hatte doch Gibraltar schon von oben ausmachen können. Vielleicht war er beim Absturz, behindert von einer Wolkenschicht, so weit abgeweht worden, daß es ihm nicht aufgefallen war. Er hätte ins Meer stürzen können.

Elefant an Wasserstelle
(Kommt nicht vor.)

Die Karawane lagert am Fuße der Berge. Hübsch anzuschauen die Mädchen mit ihren blauen Trachten. Da, der Herdenführer schlägt ein Kamel, weil es nicht trinken will! Jetzt spuckt es ihn an, mit nassen Lefzen schlackert es ihm Sabber in den Nacken, doch dem ist's egal. Er kennt die Kamele. Es sind störrische Viecher, ein Esel ist nichts dagegen. Mehrere Kamele haben nur einen Höcker, Dromedare. Sie sind etwas ruhiger. Aber nicht so bekannt als solche. In Brehms Tierleben steht zwar das Dromedar drin, doch die Touristen sind immer wieder total verwirrt, wenn sie so ein Tier auf sich zurennen sehen. Nur ein Höcker? Ist das denn wahr? Touristen sind auch zwei bei der Karawane dabei. Es handelt sich um zwei Männer, die seit Jahrzehnten im Orient zu Hause sind, Deutsche, die praktisch jeden Urlaub hier verbringen. Manchmal ein halbes Jahr. Herr Schwacke und Herr Zinnober. Herr Schwacke hat in Deutschland eine Art Institut, es werden Werte von Autos und so weiter ermittelt und herausgegeben in einer Zeitung. Herr Zinnober ist der Erfinder der Wäscheklammer. Ein reicher Mann, über neunzig Jahre alt ist dieser Herr. Doch macht er eine gute Figur auf dem Kamel. Herr Schwacke reitet allerdings ein verlaustes Maultier, halb Esel, halb Pony. Es ist in der Wüste eigentlich nicht das richtige, denkt der Laie, aber weiß jemand, daß Kamele zwar lange ohne Wasser auskommen, aber dann einfach umkippen, wenn die oder der Höcker leer sind? Das Maultier ist dagegen sehr genügsam, ein zehntel Liter Wasser pro hundert Kilometer, das reicht so ungefähr. Herr Schwacke liebt sein Tier über alles. Er ernährt es ausschließlich mit Menschenkost. Er bestellt ein Mittagessen und teilt es sich mit dem Tier, was für eine köstliche Sache. Auch

118

Herr Zinnober, der edle Herr aus Oberfranken, deshalb der Slang, liebt sein Kamel, er hat es von einem Zirkus in der Schweiz freigekauft, deshalb hat er seine liebe Mühe mit dem Tier, es will nur im Kreis laufen. Also muß er Tricks anwenden, damit er da ankommt, wo er sich abends mit der Karawane wiedertreffen will, denn obwohl das Kamel im Kreis läuft, ist er immer der schnellste. Herr Zinnober reitet im Kreis drauflos und gibt dem Tier dann mitten im Lauf, wenn es ungefähr die Hälfte erreicht hat, einen gewaltigen Tritt mit der linken Hacke, an die er noch, der Gewichtigkeit wegen, einen dicken, nach hinten wegstehenden Holzklotz gebunden hat, in die linke, nein alles zurück! In die rechte Seite! Denn das Tier läuft linksherum, so daß das Kamel sich erschreckt und eine halbe Drehung zurück unternimmt mit einem hohen Satz, dann läuft es von vorne los in dem beschriebenen Halbkreis! Eine flotte Leistung für einen über neunzigjährigen Greis. Aber von Greis kann hier nicht die Rede sein, denn Herr Zinnober ist natürlich geliftet. In Jordanien machen lassen. Bei Hofe. Ja, die beiden kennen Hinz und Kunz! Herr Schwacke legt Wert auf feingliedrige Fingerchen, deshalb packt er nichts selber an. Er hat dafür sein Besteck dabei. Für alles, aber auch wirklich alles, hat er seine Gabeln, Messer, Greifärmchen, Behältnisse usw. dabei. Ein schwerer Koffer, der hinter dem Maultier auf zwei Gummirädchen hinterhergeschleift wird. Ein sonderbares Bild, wie die beiden durch den Orient und die dazugehörige Wüste ziehen. Von den übrigen Karawanenleuten gern gesehen, so gibt es immer was zu lachen. Der Herdenführer hat nur noch die beiden oberen äußeren Schneidezähne. Er lacht aus vollem Hals, als er dort hinblickt. »Hahaha!« So geht es.

Die Mädchen sind hübsch, eine wie die andere. Sie rennen hinter den Deutschen her und lachen hell und klar. Was für ein Anblick für Kommissar Schneider, der sich auf einer Anhöhe zunächst einmal versteckt hält. Die Karawane liegt ungefähr vierzig Fuß entfernt. Noch haben sie ihn nicht entdeckt. Anscheinend ist sein Geruch den Kamelen und dem durchtrainierten Herdenführer noch nicht aufgefallen. Jetzt heißt es für Kommissar Schneider handeln! Wenn er sich der Karawane anschließen will, und das wäre besser für ihn wegen Mördern und Räubern, die sich hier versteckt halten sollen, muß er sich schnellstens einen reitbaren Untersatz besorgen. Das weiß er, ohne das, sozusagen als Fußgänger, würden sie ihn einfach stehen lassen. Und bei jemandem mitreiten war erst recht nicht drin, das geht nicht, das macht man nicht. Also, was tun? Da hört Kommissar Schneider hinter sich ein Geraschel. Wie von der Feder geschnellt wirft sich der Kommissar nach hinten über das Rascheln! Ja, es ist ein Wüstenfuchs! Ein ausgewachsener Rüde! Kommissar Schneider setzt sich rittlings auf das Tier und gibt ihm die Sporen. Er will ihn einreiten, wenig später sieht man einen völlig verschwitzten Wüstenfuchs mit dem Kommissar Schneider obendrauf durch die Gegend schleichen. »Hühhhjaah!« Der Kommissar stachelt ihn an zu schnellerem Lauf. So stößt er zu der Karawane. Die anderen bemerken ihn erst gar nicht. Eines der Mädchen aber, das sich schnell mit einem Schal das Gesicht verhüllt, als sie ihn erblickt, schreit um Hilfe. Schnell kommt der Herdenführer dazu, und sie stellen sich dem Kommissar in den Weg. »Halt! Bis hierhin und nicht weiter! Wer sind Sie?!« brüllt der Herdenführer. Kommissar Schneider bequemt sich aus seinem selbstgebastelten Sattel, er hatte sich noch eben einen Sattel aus Baumwollsocken und einem Brett gebastelt. Die Socken sozusagen als Steigbügel und gleichzeitig als Halterung, das Brett als Sitz, ja, es war sehr hart, aber das war dem Kommissar egal. Im Laufe der Reise mit der Karawane wollte er umsatteln und empfahl sich dem Herdenführer mit folgenden Worten: »Guten Tag, der Herr! Was für ein herrliches Wetter, ich komme von dort und will nach dahinten! Ist es gestattet, mich dem Schutz dieser ihrer hervorragend geleiteten Karawane anzuschließen, damit mir kein Leid geschehe? Sagen Sie bitte ja, ich bin ein anständiger Mann! Hier, mein Zertifikat für das Reittier!« Und damit übergab er ihm einen Phantasieimpfpass, der eigentlich für seinen Hund gewesen war, falls eine Einreise in den Orient nötig gewesen wäre, falls er ihn gebraucht hätte, er konnte ja Rauschgift riechen. »Der Herr aus dem Abendland will mit uns reisen? Habe ich das so richtig verstanden?« Der Herdenführer blickte verstohlen ungläubig drein. »Ja, ich werde mit euch gehen. Ich bin müde. Wasser! Bitte!« Auf einen Wink des Herdenführers flitzte eins der Mädchen los und holte eine Tüte Wasser. Herr Schwacke war dazugetreten mitsamt seinem Maultier-Imitat. »Hören Sie, wir wollen Sie nicht! Sie sind uns unsympathisch! Gehen Sie! Nun gehen Sie doch!« Auch Herr Zinnober war jetzt anwesend. Der neunzigjährige Greis machte nur eine verächtliche Bewegung. Der Kommissar verstand das nicht. Warum wollten sie ihn nicht dabeihaben? Und er fragte: »Warum wollen Sie mich nicht dabeihaben, wenn ich mal fragen darf, meine sehr verehrten Herren?« Die Herren steckten die Köpfe zusammen und beratschlagten sich. Auch der Herdenführer wußte nun nicht mehr genau, was zu tun ist. Kommissar

Schneider war das zuviel, es dauerte ihm zu lange, er hatte ja schließlich noch etwas anderes, Wichtigeres zu tun, als darauf zu warten, daß die Karawane endlich loszieht. Er nahm die Sache selbst in die Hand. Er zog einen Säbel aus der Gürtelschnalle und riß ihn hoch in die Luft, machte mit seinem Fuchs einen gewaltigen Satz und rief den anderen zu: »Ho! Hooo! Auf, Leute, es geht los! Auf, auf! Mir nach!!« Die Karawane setzte sich in Bewegung, so als hätten alle auf so jemanden gewartet. Der Herdenführer war plötzlich nicht mehr aktuell. Kommissar Schneider war jetzt der Herdenführer. Die Deutschen Schwacke und Zinnober rümpften zunächst die Nase, aber es war ihnen eigentlich recht, daß ein Deutscher den Troß anführte, es schien ihnen vorher sowieso nicht so geheuer gewesen zu sein, denn der Herdenführer hatte eine Zahnlücke! Die Sonne senkte sich mit breiten Armen über die Gesellschaft, und die Karawane nahm ein gehöriges Tempo auf, vorneweg der Kommissar, nur als kleiner Punkt vom letzten Tier aus zu sehen, so lang war die Karawane. Die Lastkamele hatten eine ganze Menge Ballast zu tragen, es handelte sich um Müll aus den Hunderten von Hotels des Landes. Der Müll sollte nach Italien gebracht werden. Dort sollte er heimlich am Straßenrand von Neapel in einer Nacht- und Nebelaktion aufgestapelt werden. Sollen doch die Italiener sehen, wie sie damit fertig werden. Die Sonne verschwand hinter einem Vorhang aus Alabasterseide. Schwalben begleiteten die Karawane bis zum endgültigen Sonnenuntergang. Dann setzten sie sich auf Telegrafenmasten und ruhten sich für den nächsten anstrengenden Tag aus. Sie flogen zu Tausenden nach Hause, denn der Winter war vorbei in Deutschland und den angrenzenden Staaten.

Afrika bot für die Vögel zwar im Winter eine tolle Zuflucht, aber was die Brüterei angeht, war es da zu heiß. Dafür brauchen Schwalben auch mal einen kalten Guß oder ein bißchen Wind von der Seite. Sie nisten ja in Bauernhöfen unter den Regenrinnen oder in der Garage. Da, ein Mauersegler! Kommissar Schneider legte sich flach auf den Boden und spähte durch sein mitgebrachtes Fernglas. Er träumte von seiner Heimat. Von dem Kindertheater, wo er mit seiner Tochter noch drin gewesen war, bevor er hierhin abflog. Sie hatten ein Stück gespielt, das hieß Vater, Mutter, Kind und handelte von einer intakten Familie. Das Zeug konnte man sich nur mit vollgedröhntem Kopf angucken, dafür mußte Kommissar Schneider sogar an der Haschpfeife seiner Tochter ziehen, denn sonst hätte er die Motten gekriegt. (Übrigens, ich hatte es bereits auf dem Rückumschlag dieses Buches geschrieben: ich kann diesen Roman überhaupt nicht empfehlen!) Jetzt lag er da und sinnierte über sein Leben nach. Warum war er Kriminalist geworden? Da fiel es ihm wieder ein. Er wollte die Menschen vor Unrecht bewahren! Ja, das war es wohl. Er drehte sich verstohlen zur Karawane um, die hinter ihm sich zum Schlafe zurechtgelegt hatte. Die Mädchen kicherten noch, die beiden Deutschen spielten Rommé, und der ehemalige Herdenführer hüpfte in seinem von den anderen grob zusammengehauenen Verschlag auf und ab. Er hatte Langeweile. Kommissar Schneider kroch, nur auf Zehenspitzen und Fingerspitzen, zu ihm hin. Lautlos wie ein Indianer. Er hatte diese Technik bei Karl May gelernt. Der Herdenführer erschrak, als er ihn hinter dem Käfig erblickte. Kommissar Schneider schnitt ihm die Fesseln durch und führte ihn aus dem Verschlag ins Freie. »Hör zu, Herdenführer. Ich habe hier nichts mehr zu suchen. Du bist frei. Ich will, daß du die Herde wieder anführst, ich habe keine Lust mehr dazu. Ich gehe. Habe einen schwierigen Fall zu lösen. Ein Scheich, mit einer Hundehaarallergie. Also, macht's gut. Tschüß!« Der Herdenführer jedoch hielt ihn am Arm zurück. »Ich bin euch noch etwas schuldig, Sidi. (Sidi heißt Herr und ist orientalisch!) Schaut, dort hinten, an dem Strauch! Dort geht ein versteckter, jahrhundertealter Fußweg entlang, er führt dich genau zu dem Ort, an den du willst, was immer es auch für ein Ort sei. Verstehst du? Phantasie! Und nun gehe mit Gott!« Der Herdenführer schwang sich in den Sattel seines reich verzierten Pferds und gab ihm die Sporen, so daß es wie ein Schatten durch die Nacht zum Horizont flog. Weg war er. Eine traumatische Erscheinung. Kommissar Schneider schaute ihm noch lange nach. Er hörte noch das Kichern der Mädchen und sah ihre Zöpfe in der Dunkelheit sich gegen den Mond abheben, der jetzt erschien. Die Deutschen Schwacke und Zinnober sogen lauthals die Nachtluft ein, um sie nach ein paar Sekunden röchelnd herauszustoßen, sie schnarchten. Der Rest der Karawane lag in völliger Finsternis, sie hatten dafür gesorgt, nicht gesehen zu werden. Ein alter Trick, mit denen sie sich vor Überfällen schützen. Mehr Instinkt. Wo keiner ist, kann auch keiner klauen. Alte orientalische Weisheit. Jetzt war es an der Zeit zu gehen. Den Wüstenfuchs klemmte er zwischen die Lastkamele, dann schwang er sich heimlich und schnell auf ein Rennkamel und gab ihm den kurzen, marokkanischen Eisenstock in die Seite. Oh, wie jaulte da das Kamel, aber es konnte nur losrennen, das war das einzige, was es gegen den Seitenstich des rauhen Kommissars machen konnte. Die andern merkten gar nichts von dem plötzlichen Entschwinden des Kommissars. Am nächsten Morgen sahen die verdatterten Karawanenleute sich ohne Führer im heißen Sand der sich immer wieder verschiebenden und für Aufruhr sorgenden Sanddünen der Sahara wieder. Eine köstliche Vorstellung, aber man konnte ja auch sicher sein, daß sie den Ausweg aus der Wüste schafften, es waren ja überall Funkmelder, und sie hatten ja Handys. Die Mädchen kannten sich sicherlich damit aus. Die Kinder heute sind ja so viel weiter als die Erwachsenen in punkto Computer. Die Hitze am Tage hatte einer unwahrscheinlichen Kälte in der Nacht Platz gemacht. Kaum zu glauben, am Tage waren weit über 60 Grad im Schatten und nachts fror die Temperatur unter dem Tiefpunkt. Über vierzig Grad minus war hier gang und gäbe, das heißt es gab einen Temperaturunterschied von ca. hundert Grad, und das jeden Tag. Das härtet ab. Die Haut der Menschen, die diesen Temparaturen tagein tagaus ausgesetzt sind, ist eigentlich nicht mehr Haut zu nennen, es handelt sich um Gebäck. Die Haut entwickelt eine dicke Kruste, so wie ein Plundergebäck mit Pudding. Der Pudding ist dann der Mensch. Kommissar Schneider flog auf seinem Rennkamel der aufgehenden Sonne entgegen, nach Osten. Da war sie schon zu sehen, einen Spalt breit am Horizont und sofort erhellte sich das Tal, durch das er gerade ritt, und die Temperatur schwoll. Schnell die Jacke aus und am Haken am Kamel aufgehängt. Die Kamele, auch die Rennkamele hatten jeweils zwei Haken links und rechts angebracht, sozusagen gepierced, damit der Reiter seine Sachen aufhängen kann, Jacke oder Damenhandtasche. Eine Damenhandtasche hatte der Kommissar nicht dabei, dafür aber seinen

125

ledernen Seesack, der randvoll mit seinem Zeugs war, wie zum Beispiel Perücken, Stiefeletten, Hosenröcke, Mäntel an der Unzahl, meist helle, cremefarbene Popeline-Mäntel in der bekannten Kommissarsform, dann hatte er Rasierapparate dabei, einen Farbfernseher, zwei Videokameras und ein paar Langlaufskier, mit Stöcken, für den Kilimandscharo. Und genau da sollte es jetzt hingehen. Er vermutete den Scheich mit der Hundehaarallergie dort. Der Grund hierfür? Hatte ich nicht gesagt, dieses Buch wäre nicht zu empfehlen? Und hört keiner auf mich? Nun gut, also, hier der Grund dafür, daß Kommissar Schneider den Scheich in der Gegend um den Kilimandscharo vermutete: er hatte gehört, dort gebe es ein geheimnisvolles Kraut, das im Altertum dazu benutzt wurde, Allergien, vor allem gegen Haar, zu enthemmen. Das heißt, zunächst wird der Patient totalen Ausschlag bekommen, aber das ist wie bei einer Fieberspritze, danach geht es ihm besser. Oder er ist tot. Ob der Scheich die Idee hatte, dort hinzugehen, weiß Kommissar Schneider nicht, doch das Glück ist immer auf seiner Seite. Und da schimmert er auch schon weißlich glänzend in der Ecke: Der Kilimandscharo!

Es ist der zweite Tag, an dem sich der Scheich Muhammad el Papageno in der Gegend rund um den Berg Kilimandscharo aufhielt. Er hatte den bekannten Bart wieder angeklebt, diesmal jedoch feuerfestes Kanekalon. Eine seiner Holographien hatte er dabei. In einem kleinen Köfferchen. Es handelte sich hierbei um eine perfekte Nachbildung seinerselbst, jedoch als Holographie, das heißt, ein Bild, das projiziert wird, allerdings wird für solch hochentwickelte Holographien keine Leinwand mehr benötigt! Die Holographie selbst bildet eine unbekannte Materie, in der sie sich selbst spiegelt. Eine ungeheure Erfindung eines deutschen Wissenschaftlers! Volkherr von Gelb, der in die Vereinigten Arabischen Emirate ausgewandert war, damit er Vielehe betreiben konnte. Er hatte zweihundert Frauen in jeder Gewichtsklasse. Angeblich! Man munkelte es wären sowieso nur alles Holographien! Aber darauf muß einer erst mal kommen! Eine Holographie kann doch eigentlich nicht im Haushalt helfen. Doch Professor von Gelb hatte einen Mechanismus erfunden, der mit der Technik der Holographie gekoppelt werden kann, nämlich eine Spülmaschine, die er von einem Bekannten, der umgezogen war und die nicht mehr brauchte, geschenkt bekommen hatte. Zuerst wußte er nicht, wohin damit, weil die Wasseranschlüsse auf der falschen Seite waren, bei ihm war der Wasserhahn links. Na ja, mit ein wenig Erfindungsgeist konnte er das Ding dann eben doch noch brauchen. Scheich Muhammad el Papageno fuhr auf einem ausgeliehenen Motorroller durch Kiliman-City. Dabei warf er suchende Blicke nach links und rechts an den Straßenrand, ob da nicht die hochgepriesenen Kräuterchen wachsen. Dabei verursachte er fast einen Unfall. Ein Lastkraftwagen überquerte den Weg und gab Vollgas, ohne nach rechts zu gucken, aber da kam der Scheich gerade daher. Und beinahe wäre er in den Laster reingedüst, wenn er nicht im letzten Moment hochgeschaut hätte und sich vom Roller in den weichen Rasen hätte

Solreich M. e. Papageno
auf dem
obligatorisch Motorroller

fallen lassen. Der Roller selbst blieb unter dem Laster liegen, auf der Seite. Der Motor drehte noch. Das Benzin floß aus und entzündete sich, eine hohe Stichflamme erfüllte die Luft, und im selben Moment explodierten die Gasflaschen, die der Laster geladen hatte. Ein Inferno brach los. Der Fahrer des Lastkraftwagens sprang schreiend durch das Stoffdach und flog vierzig Meter durch die Luft. Ein dumpfer Schlag und dann Stille. Nur das Knistern des brennenden Lasters und das Handy des Scheich Muhammad el Papageno. Er rief in Italien an, seine Schwester, um es ihr zu erzählen, sie arbeitete bei einer bekannten Boulevard-Zeitung. »Hallo? Hallo? Hier ist Muhammad! Hallo Esmeralda! Du, hör mal, ich habe etwas für die Zeitung für dich, zum Veröffentlichen, paß auf, schreib mit, also: Im Orient entführte ein Verrückter einen Lastwagen. Er hatte vor zu erpressen, die Tochter des hiesigen Königs von Zaire zu heiraten, der Laster sollte die Mitgift sein, und wenn die Tochter nein sagt, sprengt er sich in die Luft! Hör zu, und er hat es getan! Was sagst du nun? Es gibt doch immer wieder Verrückte! Also, Bilder kannst du in Neapel nachstellen mit Bekannten! O. K.? Tschüß«. Er legte auf. Doch womit er nicht gerechnet hatte: hinter ihm stand der Lastwagenfahrer und hatte mitgehört. »Hören Sie, ich bekomme gerade mit, wie Sie versuchen, mich nach meinem Tod noch schlecht zu machen über die Medien! Kommen Sie schon, das wird Sie etwas kosten, dann mach ich da mit! Ansonsten gibt's was auf die Omme! Ist das klar?!« Verdattert übergab ihm der Scheich einen Scheck über zwei Millionen jemenitische Golddollar. Eine stolze Summe hatte ihn dieser Scherz mit dem Lastwagenfahrer gekostet. Der rieb sich die Hände. Sollten die in Italien doch denken was sie wollen. Er ist jetzt reich. Zufrieden zog er von dannen. Wie er überlebt hat? Ich trau mich kaum, das zu schreiben, aber es handelte sich bei dem Lastwagenfahrer um Kommissar Schneider, der mittels einer höchst ausgefeilten Feuerwerkstechnik diese Aktion selbst inszeniert hatte und natürlich eine Hose anhatte, die sich in der Luft von selbst aufplustert mit Leuchtgas und den Kommissar sanft wie auf Watte vierzig Meter weit weg vom Geschehen abgesetzt hat. Ein alter Trick von ihm noch aus seiner Lehrzeit. Er brauchte Geld, um weiter zu ermitteln, und da war es ihm gerade recht, daß er auf diese Weise den Scheich mit der Hundehaarallergie zum Narren hält und ihm Geld abzwackt. Jetzt hieß es nur, den Mann irgendwie auf frischer Tat zu ertappen, denn hier durfte er ihn nicht dingfest machen. Nur in der Schweiz selber war es möglich, den Scheich zu verhaften. Es lag nämlich kein Auslieferungsdekret vor. Eine unvorstellbar schwierige Aufgabe, selbst für Kommissar Schneider. Und dann die Sprache! Er verstand ja überhaupt kein Wort! In seiner gesamten Zeit im Orient machte er sich ausschließlich durch Handverrenkungen und Fußtritte verständlich. Anstrengend. Ehrlich.

Der Scheich war traurig, weil sein eben noch gut funktionierender Motorroller kaputt war. Wo sollte er jetzt einen neuen herholen? Er schaute sich um. Der Straßenstaub wirbelte mit jedem Atemzug etwas um seine Nasenflügel. Heiß war es, und die Sonne warf eine goldene Schicht auf den Kilimandscharo. Sehnsüchtig guckte der Scheich zum Gipfel. Ach, könnte er nur so leben wie andere Menschen auch. Ohne diese Scheiß-Hundehaarallergie. Jäh wurde er aus seiner Lethargie geweckt. Ein Hund kläffte in weiter Ferne. Der Scheich erschrak. Nur nicht in die Ferne gehen, nein, nur das nicht. Aber der Wind spielte ein Spiel mit ihm. Er dachte, entgegen der Richtung zu laufen, von der er das Kläffen gehört hatte. Doch als er um die nächste Ecke bog, versperrte ihm eine Mischung aus Dalmatiner, Schnauzer und Boxer und Retriever den Weg. Der Besitzer sagte zwar noch: »Der tut nichts. Es ist ein Rüde. Bei Weibchen wird er allerdings rattig!« Aber da warf sich der Scheich schon auf den Boden und krümmte sich vor Schmerzen! Der Hundebesitzer schlug mit der Leine auf den Hund. »Na! Du?! Wirst du wohl?! Hörst du wohl auf?!!!« Der Hund hatte gar nichts gemacht. Er stand nur da. Aber der Hundebesitzer meinte, dem fremden Mann irgendwie entgegenkommen zu müssen. Scheich Muhammad el Papageno zückte ein Antihundespray und hielt es direkt in das Gesicht des Mischlingsrüden. Dem wurde davon dermaßen schlecht, daß er sich in den Schoß des Hundebesitzers erbrach. »Ich hoffe für Sie, Sie haben eine gute Versicherung! Was hat nur mein Hektor! Armes Hundilein!« Und er kümmerte sich um den sterbenden Hund. Scheich Muhammad el Papageno warf sich in den Straßengraben und kratzte sich am ganzen Körper. Dicke Quaddeln übersäten ihn vollends. Der Hundebesitzer wollte Anzeige gegen ihn erstatten, aber er erkannte ihn nicht mehr, so aufgedunsen war das Gesicht des Scheichs. Kann man da vielleicht verstehen, wenn dieser gebeutelte Mann zum Hundemörder wird? Eine furchtbare Allergie. Der Hundebesitzer grub eine Grube für seinen

Hund, und Tränen rannten dabei über sein Gesicht. Scheich Muhammad el Papageno machte sich aus dem Staub. Aber er hatte vorher noch das Herz gehabt, dem Hundebesitzer einen Bündel Dollarnoten rüberzuwerfen mit den Worten: »Hier, kaufen Sie sich um Gottes Willen dafür keinen Hund! Kaufen Sie sich zwei Hamster oder was weiß ich! Tschüß!« Zwei Straßen weiter war er wieder normal. Und jetzt meine Frage an den oder die Leser/innen: Ist das denn nicht bemitleidenswert? Muß man nicht verzeihen? Gibt es nicht schlimmere Verbrecher? Hätte Kommissar Schneider diese Szene miterlebt, hätte er auf jeden Fall seinen Plan fallengelassen, diesen Mann zu verhaften. Aber er war ja nun mal nicht dabei. Und deshalb saß er jetzt in seinem Hotelzimmer und schmiedete einen Plan. Er wußte, daß der Scheich in der Nähe war. Auch hatte der sicherlich wieder einen Motorroller. Klar, hier gibt es genug von den Dingern zu mieten. Und so wollte sich Kommissar Schneider als Kinderwagen tarnen und sich selbst, wenn der Scheich vorbeifährt, auf die Straße rollen, dabei laut bellen. Der Scheich würde höchstwahrscheinlich ausflippen. Also bastelte Kommissar Schneider an einem Mantel, der einem Kinderwagen entfernt ähnelte. Die Schuhe waren die Räder. Eine Babyhaube war nicht dabei, es sollte ein etwas größeres Kind sein. Ja, die Idee des Jahrhunderts! Und dann, wie gesagt, flippt der Scheich aus und schlägt voraussichtlich auf den Kinderwagen drauf. Dann wollte Kommissar Schneider heimlich unten aus dem Gestell heraustauchen und den Scheich dann von hinten auf frischer Tat ertappen und zack: Handschellen rum! Fertig! Ab, ab nach Deutschland und den Schweizer Behörden von da aus anbieten zum Gefangenenaustausch! In der Schweiz saß nämlich Eddi Condon in einem Hochsicherheitstrakt, ein ehemaliger Jazzgitarrist, der nach seinem Tod als Foto in einer Zelle an der Wand hing. Plötzlich fiel Kommissar Schneider ein, daß morgen ja der Geburtstag des Polizeipräsidenten ist! Ach du lieber Gott! Wie soll er da jetzt so schnell hinkommen? Mit fiebrigen und fliegenden Fingern bastelt er seine Geheimwaffe zu Ende und macht sich auf den Weg zum Flughafen. Ein zweites Mal der Versuch, nach Deutschland zu fliegen. Hoffentlich gelingt es ihm. Die Geheimwaffe gegen den Scheich Muhammad el Papageno lagert er solange hinter der Rezeption in einem kleinen Raum, in dem sonst Koffer stehen. Aber es ist nicht viel los hier, kaum Touristen zur Zeit, weil ein Mörder hier frei herumläuft. Es soll sich sogar um einen Taxifahrer handeln. Der Kommissar Schneider weiß es nicht oder denkt nicht so sehr daran, denn als er ins Taxi steigt, guckt der Taxifahrer dermaßen erstaunt, daß es dem Kommissar auffällt. »Was glotzen Sie so?! Fahren Sie, zum Flughafen! Los!« Der Fahrer ist eingeschüchtert. Eben noch dachte er, den Gast auszurauben und zu töten, aber jetzt hat er selber Angst. Nackte Angst. Nach ein paar Kilometern hält er kurz an und pinkelt in den Straßengraben. Er wendet dabei dem Kommissar den Rücken zu. Der Kommissar sieht ihm aus den Augenwinkeln zu. Er weiß, hier geht es nicht mit rechten Dingen zu. Plötzlich dreht sich der Taxifahrer um und hat gar nicht seinen Pipimann in der Hand, mit dem er gerade noch gepinkelt hatte – dachte auf jeden Fall der Taxifahrer, daß das der Kommissar denkt –, sondern eine Pistole! Aber Kommissar Schneider ist schneller. Er fliegt aus dem Auto, lenkt den Räuber dabei mit einem gezielten Wurf seines Taschentuchs in dessen Gesicht ab und springt ihn von hinten an. O-Soto-Gari (große Außensichel!) und Ent-winden der Waffe mit nach innen gedrückter Handwurzel. Sehr schmerzhaft. Dann Auskugeln des linken Armes und Fußtritt mit der Schuhspitze vor den Solarplexus. Handkan-tenschlag vor den Kehlkopf und Kopfstoß. Der Kommissar ist mal wieder in seinem Element. Das hätte man ihm gar nicht zugetraut, eine unglaubliche Behendigkeit und Kraft. In seinem Alter. Der Räuber liegt da, und das war's. Kommissar Schneider reibt sich die Hände, ein bißchen Freude steht in seinem Gesicht geschrieben, und nun zum Flugplatz. Er will selber fahren, aber der Taxifahrer, ist bereit, ihn ohne Geld dahin zu bringen. Er will wiedergutmachen, was er zunächst im Sinn gehabt hatte. Kommissar Schneider ist sichtlich zu-frieden, so hatte seine Mission Erfolg. Ein Räuber und Mör-der ist innerhalb von zehn Minuten erfolgreich resozialisiert worden. Dafür bekommt er zwar keinen Orden, aber für im-mer Freifahrten bei diesem Mann, der endlich eingesehen hat, daß sich Verbrechen nicht lohnt.

XXVIII

In Deutschland nach einem problemlosen Flug angekommen, erkundigt sich Kommissar Schneider erst mal nach dem Wohlergehen seiner Frau. Er ruft sie vom Flughafen aus an. Aber immerzu ist besetzt. Hat sie den Hörer danebengelegt? Sollte in seinem Bett ein anderer Mann schlafen? Das kann ja nicht. Nein, das tut sie nicht. Er nimmt ein Leihfahrrad und radelt durch die Innenstadt hindurch zu seiner Wohnung. Verdammt, haben die hier gebaut, in den 10 Monaten, in denen er im Orient war. Das ist ja unglaublich! Wo ist denn die Alvenslebenstraße plötzlich hin?« Kommissar Schneider ist schon dreimal im Kreis gefahren, so kommt es ihm immerhin vor! Und das da sieht aus wie Haltestelle Kirchberg! Aber wo sind denn die Schienen?! Verdammt nochmal! Was ist hier eigentlich los?! Da klopft ihm jemand auf die Schulter. »Na? Heute mal die Umwelt schonen, du alter Spurenleser?« Ein völlig Unbekannter stand da und grinste übers ganze Gesicht. Er faßte sich in die Seitentasche der Jacke und nahm einen Notizblock heraus. »Kann ich ein Autogramm von Ihnen bekommen? Es ist für einen Bekannten von mir. Der hat Geburtstag. Haben Sie was zu schreiben? Haben Sie ein Foto von sich, Herr Kommissar?!« Kommissar Schneider hatte fast vergessen, daß er ja wieder zu Hause ist und die Leute immer Autogramme von ihm wollen. Der Mann kannte ihn wahrscheinlich aus dem Fernsehapparat. »Gut, geben Sie schon her.« Der Mann bettelte. »Ach bitte, ein Foto! Bitte!« Kommissar Schneider packte in die Manteltasche und beförderte eine Postkarte von sich selbst ans

Tageslicht. Die hatte er immer dabei. Im Orient hatte er insgeheim erhofft, daß auch da Leute von ihm Autogramme wollen. Fehlanzeige. Die kannten ihn nicht. Einmal hatte er sich zu erkennen geben wollen, einer Schulklasse, die gerade über eine Ampel ging. »Hallo, Kinder! Na?! Erkennt ihr mich?! Ich bin's!! Kommissar Schneider aus Deutschland, den kennt ihr doch, oder?! Der intelligenteste Kommissar Europas! Und?! Und?! Na?! Was sagt ihr nun!!« Dabei zückte er jede Menge Postkarten. Die Kinder gingen einfach weiter, keiner guckte. Das war zuviel für den armen Kommissar gewesen, deshalb blieb er dann doch lieber anonym. Und jetzt hier in Deutschland war es wieder soweit: Er war ein Star! Zufrieden ging der Mann weg. Kommissar Schneider radelte weiter und kam nach einer Weile ganz automatisch in die Straße, in der er wohnte. Die würden sich sicherlich freuen, sie wußten ja gar nicht, daß er kommt. Ob seine Frau schon Mittagessen gemacht hatte? Es roch jedenfalls in der ganzen Straße nach Pommes. Als er aber zu seinem Haus kam, sah er einen Pommes-frites-Stand direkt gegenüber auf der anderen Straßenseite! Das kann doch wohl nicht wahr sein! Das ist doch … Nein! Herr Leverenzen von gegenüber, der Nachbar! Der bediente! Dem gehörte wohl der Pommeswagen! Und er hörte, nachdem er sich in gebückter Haltung hinter den Wagen geschlichen hatte, folgendes Gespräch mit an: »… also, Frau Wiescheidt, der kommt bestimmt noch heute! Ein Fernsehteam will auch kommen, sie haben fest zugesagt! Und wissen Sie schon das Neueste? Seine Frau weiß nichts davon. Und das ist eigentlich gar nicht gut, weil sie ja mit Herrn Jacobs von nebenan, dem Klempner, eine Liebesbeziehung hat!« – »Neiiiin!« Die Frau kippt fast aus den Latschen. Der Kommissar auch. »Ja, wußten Sie das nicht? Sie hat letzte Woche ein Kind von ihm bekommen! Das sagt doch alles! Die haben das doch gewußt!« Die Frau kippt weiter aus ihren Latschen. »Neiiiin! Herr Leverenzen, wie empörend! Das ist ja ein Krimi!«»Genau, ein Krimi! Und das einem Kriminalkommissar! Da lachen ja die Hühner! Hahahahahaaaa!« Frau Wiescheidt geht kopfschüttelnd weg. Das ist zuviel für Kommissar Schneider, er muß seine Herztabletten nehmen, Sie befinden sich in der inneren äußeren Gesäßtasche, doch er sitzt bereits auf dem Boden und kann nicht an die Tabletten gelangen! Er röchelt, und nun kommt doch ein kleiner hurtiger Schrei aus seiner Kehle, den zufällig Herr Leverenzen hört, der ausnahmsweise mal nicht die Pommes in das heiße Fett taucht. Er findet den Kommissar hinter dem Wagen, zusammengebrochen auf der Vorgartenwiese von Familie Jacobs, dem Klempnerehepaar, wo die Frau nichts von den Untaten ihres Mannes ahnt. Nur, daß das neue Kind von gegenüber komischerweise ihrem Mann total ähnlich sieht.

Kommissar Schneider macht die Augen auf. Er liegt in einem Bett, wo das Hinterteil hydraulisch hochgestellt werden kann. Jetzt ist er aber unten. Schläuche sind mit ihm verbunden, an den Enden lange Stangen mit Gefäßen, die hängen. Eine Maschine tickt im Hintergrund. Er liegt im Krankenhaus. Seine Frau sitzt bei ihm, sie hält das Kleinkind im Arm, es sieht

Herrn Jacobs ähnlich. Kommissar Schneiders Tochter sitzt mit ihrem Freund knutschend in der hinteren Ecke des Krankensaals. Auch ein anderer Patient liegt da, ihm wird morgen ein Bein abgeholt. Er meint, er hätte nicht zuviel geraucht, aber so ist es nun mal. Kommissar Schneider steht mit einem Ruck auf und reißt sich die Schläuche aus den Venen. Sofort piepst die Maschine Alarm. Frau Kommissar Schneider schmeißt das Baby auf das Bett und will ihren Mann bei der Flucht aus dem Krankenhaus behindern, es gelingt ihr halb, Kommissar Schneider saust ohne Unterhose über den Flur, die hat seine Frau in der Hand, zerrissen. Die Tochter ist blitzschnell hinter ihrem Vater hergerannt. Doch am Treppenabsatz stolpert sie über ihre offenen Schuhe, sie hatte wegen der Bequemlichkeit ihre Schuhe im Krankensaal geöffnet. Jetzt ist die Reihe an dem anderen Patienten, dem morgen das Bein abgeholt wird, weil der zukünftige Schwiegersohn von Kommissar Schneider sich faul im Stuhl räkelt und an seiner Haschischpfeife schmaucht. Er hat total rote, kleine Äuglein und ein feststehendes Grinsen im Gesicht. Ekelhaft. Der Patient mit dem Raucherbein holt alles raus und erwischt Kommissar Schneider im Innenhof des Krankenhauses, in letzter Sekunde, denn er wollte gerade in einen Wagen hechten, dessen Motor läuft und dessen Fahrer mal eben austreten ist. Dabei zieht er sich eine Verletzung am Bein zu, weil Kommissar Schneider sich mit einer Krücke in der Autotür verhakt und der Patient zu Fall kommt daran. Blut spritzt aus einer langen Wunde. Doch Kommissar Schneider befindet sich im Schwitzkasten des erfolgreichen Verfolgers. Der lächelt überglücklich, meint, eine gute Tat getan zu haben. Er deutet auf sein Bein: »Da war es ja doch noch einmal zu etwas nütze.

Naja, jetzt ist es sowieso hin, da ist es ja nicht schlimm, daß es wegkommt.« Er hält Kommissar Schneider so lange fest, bis drei Schwestern kommen und Kommissar Schneider wieder zurück auf die Krankenstation schleifen. Dort wird ihm vorgegaukelt, daß er der Vater des Kleinkindes ist und er die Kosten übernehmen muß. Seine Frau spricht von Scheidung, weil sie sich betrogen fühlt, weil das Kind gar nicht von ihm sein kann, und sie sieht nicht ein, daß er überhaupt zum Ermitteln im Orient weggewesen ist und warum er sich nicht angemeldet hat gestern, obwohl sie doch extra den Telefonhörer danebengelegt hatte, damit sie schneller am Apparat ist, und außerdem hat sie mit Herrn Jacobs keinerlei Verhältnis, außer manchmal, das heißt täglich, ein Tête-à-tête. Aber was heißt das schon. Höchstenfalls Geschlechtsverkehr. Und das sollte ihm ja wohl nichts nützen. Er wäre ein Schwein. Einfach nur so. Egal, der Hund wüßte bescheid. Er läge in seinem Körbchen zu Hause, und das hat seinen Grund. Er hätte auch seine Gründe. Und die Tochter ist ja auch noch nicht fertig mit der Ausbildung, er braucht sich nichts darauf einzubilden. Kommissar Schneider schläft ein. Er kann das gar nicht alles verstehen. Er steht unter Drogeneinfluß, die aufgelösten Tabletten in der Glasflasche. Er hat das alles nur im Unterbewußtsein mitbekommen. Deshalb stimmt es auch nicht so ganz. Die Frau Kommissar ist nämlich gar nicht da, sie ist soeben nach Hause gefahren, um das Zimmer ihres Mannes aufzuräumen und zu veranlassen, daß zu seiner Freude sein Büro im Präsidium neu gestrichen wird. Außerdem hat ja der Polizeipräsident Geburtstag, und es ist wichtig, daß der Kommissar Schneider ein paar Stunden schläft nach der Herzattacke und dann abends vielleicht zu dem Polizeiball geht. Der Polizeipräsident tanzt ja so gerne. Kommissar Schneider ruht ein wenig. Dann wird er wach. Ein Arzt steht an seinem Bett. »Herr Kommissar Schneider, Sie müssen aufstehen. Hier ist jemand für Sie. Und denken Sie daran, Sie werden hier heute noch nicht entlassen. Sie stehen unter meinem persönlichen Schutz. Gehen Sie schon, ich habe es nicht so gemeint, Sie verstehen? Das Gegenteil ist damit gemeint gewesen! Auf Wiedersehen!« Kommissar Schneider guckt dem Arzt verwundert nach. Draußen vor der Tür steht der kleine Herr Wachtmeister Herrbusch, seit zwei Jahren sein neuer Assistent. »Herr Kommissar, kommen Sie. Das Fest hat bereits begonnen. Hier, ein Geschenk für den Polizeipräsidenten, es ist eine Armbrust. Vorsichtig damit umgehen, sie geht nachher los. Und nun auch los. Hier, ich habe einen Strauß Blumen zusätzlich gekauft. Rosen, langstielige Rosen. Riechen Sie mal, Herr Kommissar!« Kommissar Schneider steckt seinen Kopf tief in den Strauß. »Das sind keine Freilandrosen, sie Tölpel. Die können gar nicht riechen. Gewächshaus, Holland. Egal. Kommen Sie schon. Und geben Sie mir die Autoschlüssel.« Kommissar Schneider zwängt sich in den Kleinwagen. Es ist der Privatwagen des Assistenten. »Mein Gott, wie eng. Hoffentlich springt die Sardinenbüchse auch an!« Knatter-knatter, geht es los. »Herr Kommissar, die Tankuhr, Sie müssen noch tanken.« Das ist ja die Höhe. Kommissar Schneider hält an der nächstbesten Tankstelle. »Guten Tag, der Herr, einmal voll?« Kommissar Schneider überlegt kurz. »Nein, drei Liter reichen, es ist nicht weit!« Der Tankwart gibt dem Kommissar den Tankrüssel: »Hier, machen Sie es selbst, Sie Geizhals!« und geht in sein Häuschen zurück. Kommissar Schneider tankt, das Benzin

140

läuft ihm über die Hand. Er flucht. »Scheiße! Was ist denn das für eine Riesenscheiße hier!« Dann putzt er sich die Hand mit einem Papiertaschentuch sauber. Sie stinkt aber noch. »Dafür gibt es kein Geld! Ich zahle nicht!« Der Tankwart schimpft wie ein Rohrspatz, als Kommissar Schneider mit dem Wagen einen Satz macht und flüchtet. Er schreibt sich noch die Autonummer auf.

Das Polizeiorchester spielt auf. Ein Heidenlärm in dem akustisch völlig unzureichenden Tanzsaal. Es handelt sich um eine Schulaula. Billig angemietet. Der Polizeipräsident steht vorne vor dem Orchester und sieht zu, wie die Herren sich mit ihren Instrumenten abmühen. Es klingt wie ein Haufen Dreck in seinen Ohren, denn er ist eingefleischter Opernsänger. Seine Frau ist auch dabei, doch sie bedient die eingeladenen Gäste mit Champagner am Eingang. Es ist ein Aperitif. »Aperitif, Herr Kommissar Schneider?« Der Kommissar nimmt ein Gläschen und trinkt es schnell aus, schaut dabei in den Saal. Dann steuert er gezielt auf den Polizeipräsidenten zu. »Guten Tag, Herr Polizeipräsident und herzlichen Glückwunsch zum Geburtstag! Hier, ein Strauß Rosen und diese Armbrust, Vorsicht! Sie könnte losgehen!« Lachend überreicht er dem Polizeipräsidenten das Präsent. Der nimmt es in die Hand, dreht es mehrmals zu allen Seiten, anscheinend freut er sich wirklich, denn er fummelt plötzlich wie besessen daran herum, immer wieder fuchtelt er mit dem gebogenen Zeigefinger am Abzug herum. Da, plötzlich, der Polizeipräsident hatte die Armbrust mal wieder in seine Richtung gelenkt, entspannt sich die vorher gestraffte Sehne, und der Pfeil fliegt direkt mitten ins Gesicht des Polizeipräsidenten! Ein glatter Durchschuß. Der Pfeil steckt im Kopf, und hinten guckt er mit leicht geröteter Spitze heraus, mitten im Toupet des Armen. Er fällt noch nicht um, erst, als seine Frau hinzustürmt, mit ausgebreiteten Armen, kippt er nach hinten weg. Die Armbrust rutscht ihm aus den Händen. Eine allgemeine Unruhe im Saal. Kommissar Schneider über den Verletzten gebeugt. Die Frau des Polizeipräsidenten daneben. Im Hintergrund die Musik, sie hören nicht auf. Es ist Playback. Erst, als sich der Diskjockey erbarmt und das Band abstellt, ist Ruhe. Die Musiker sind empört. »Wer hat das Band abgestellt!? Jetzt sind wir entlarvt! Das darf nicht passieren! Was soll der Polizeipräsident jetzt denken!« Der Polizeipräsident kommt wieder zu Bewußtsein. »Leute, macht Platz! Ich will das Orchester sehen! Warum haben Sie aufgehört? Das ist eine Unverschämtheit! Los, Sie da vorne, Setzen Sie ihre Trompete an! Und nun los! Spielen Sie! Auf, auf! helfen Sie mir auf! Ich will feiern!« Kommissar Schneider hilft ihm auf. Er ist ein wenig verwundert über das Verhalten des soeben Verwundeten. Spricht er bereits im Fieber? »Herr Polizeipräsident, sprechen Sie im Fieber?« – »Mein lieber Schneider!« Und er nimmt ihn jovial in den Arm, als er sich in Richtung Orchester bewegt, »Schneider, Sie haben mir das schönste Geschenk überreicht, daß ich mir vorstellen konnte. Ich bin tot, ja, aber in euren Herzen lebe ich weiter! Und das ist einen Riesenapplaus wert! Kommt, Leute, klatscht für Kommissar Schneider! Er hat mir Spaß bereitet!

Der Polizeipräsident!

Ich lebe!« Die Gesellschaft versteht das nicht, aber sie geben sich Mühe, zu feiern. Die Band fängt wieder an, und das Band wird an diesem Abend noch mindestens zwanzigmal umgespult. Der Polizeipräsident unterhält sich angeregt mit seinen Gästen, seine Frau trinkt Kamillentee und bedient weiterhin mit Champagner. Nur der Anblick eines Polizeipräsidenten, in dessen Gesicht ein dicker Pfeil, so etwa wie eine Harpune, steckt, und hinten wieder hervorguckt, ist höchst seltsam. Aber jeder so, wie er mag. Spät in der Nacht kommt Kommissar Schneider nach Hause. Seine Frau war übrigens mit auf dem Fest. Sie hatte das Bett des Kommissars vorher mit viel Lavendel und Rosenwasser eingesprüht, damit er die Ausdünstungen des Klempners von gegenüber nicht riechen kann. Herr Kommissar Schneider schläft ausgezeichnet in dieser Nacht. Seine Frau schleicht sich, als sie sein Schnarchen hört, raus aus dem Schlafzimmer und wälzt sich mit Herrn Jacobs von gegenüber im Flur herum. Die Tochter kommt nach Hause und muß über sie hinwegsteigen. Sie geht auf ihr Zimmer und hört noch Britney Spears. Mit Kopfhörern. Der Freund hat soeben mit ihr Schluß gemacht, sein Haschisch war alle, und er will nach Amsterdam ziehen. Dafür hat er sich einen VW-Bus bestellt, direkt vom Werk. Seine Eltern sind reich. Sie zahlen alles, was ihr Sohn will. Kommissar Schneiders Tochter ist da ganz anders erzogen. Sie muß alles abarbeiten, was sie an Geldmitteln von ihren Eltern bekommt. Auch für Schulhefte, da muß sie putzen und spülen, Auto waschen und dem Kommissar Schneider die Tasche zur Arbeit tragen. Aber er ist ja eigentlich schon lange pensioniert. Doch das Geld reicht vorne und hinten nicht, also muß er nebenbei wieder arbeiten gehen. Zum Glück sind so flexible Kriminalisten äußerst rar, und man sagt nichts, als er am nächsten Tag auf dem Präsidium erscheint. Er betritt sein Büro und geht wieder raus, denn er denkt, nein, das kann nicht mein Büro sein, wer hat denn da die Wände gestrichen? Auf dem Flur begegnet er der Sekretärin, Frau Stein. Die küßt ihn in einem unbeobachteten Augenblick in den Mund. Schnell sind die Klamotten runter, von ihr und auch von ihm. Sie poppen den Polizeiflur rauf und runter, und Kommissar Schneider imitiert dabei laute Schritte, so als wäre unheimlich was los auf dem Flur, deswegen kommt keiner aus den Büros raus, denn sie denken, wenn viel los ist, will ich lieber nicht dabei sein. Faule Beamte, das weiß der Kommissar ansonsten nicht sonderlich zu schätzen, aber bei diesem außergewöhnlichen Schäferstündchen verzichtet er gerne auf Zuschauer.

XXIX

Die Sonne knallt auf die Glatze des Kaffeehausbesitzers. Scheich Muhammad el Papageno unterhält sich bereits seit Stunden mit ihm, es geht um ein Visum für Deutschland. Beim Friseur hatte man ihn auf den Kaffeehausbesitzer aufmerksam gemacht. Er würde Leuten wie ihm falsche Papiere besorgen können. Der Scheich ist zwar superreich, doch für viel Geld kann er sich keine legalen Einreisepapiere mehr besorgen, denn er wird mit Interpol gesucht. Seit seinem Aufenthalt in der Schweiz ist er flüchtig. Da er keine Verwandten hat, beschließt er, sich total umzunennen. Ein Name soll nun gefunden werden. Der dicke Kaffeehausbesitzer will den Namen »Rabbi Paris« vorschlagen, doch das erscheint dem Scheich zu auffällig. Er meint, der Name »Henderson« wäre ausreichend und unauffällig. »Henderson? Und der Vorname?« Der Dicke verzweifelt, er fand seinen Namen schöner. »Henderson ist gleichzeitig der Vorname. Nachname ist auch Henderson!« – »Also Henderson Henderson? Richtig?« – »Nein, nur Henderson. Aber als beides.« Der Dicke muß ihm die Papiere erst malen. Er geht in die Küche und guckt sicherheitshalber auf die Straße, ob keiner guckt. Ein paar Kinder hängen an seinem Küchenfenster, weil sie irgendeine Aktion erwarten von dem Dicken. Der macht doch immer so'n Mist. Die Kinder stören den Dicken aber nicht, er schreibt und malt einen neuen Paß für Scheich Muhammad el Papageno. Als er damit fertig ist, zeigt er ihn dem Scheich. Der ist stolz, jetzt heißt er endlich Henderson. Ein leicht amerikanisch klingender Name. Der dicke Kaffeehausbesitzer fordert zehntausend Golddollar. Der Scheich bezahlt, ohne zu zucken. Dann geht er weg. In einer Seitenstraße, als er sich unbeobachtet fühlt, zerreißt er den Paß in Tausende von kleinen Stücken. Dann schmeißt er die Schnipsel in einen Papierkorb. Aber warum? Warum hat er das gemacht? Verschmitzt grinst er übers ganze Gesicht. Hier wird der oder die Leser/in fragen, was das denn soll. Ich kann es selbst nicht beantworten. Auf jeden Fall wird in absehbarer Zeit der Fall aufgelöst werden, und zwar durch keinen geringeren als: richtig! Kommissar Schneider!

Und der ist schon wieder unterwegs in den Orient. Er wollte ja nur kurz zum Geburtstag des Polizeipräsidenten. Jetzt sitzt er in einer russischen Tupolew-Maschine und hat gleich Zwischenstation in Afghanistan. Dort agieren zur Zeit die Pakistani, zusammen mit den Taliban, sie ersetzen praktisch die ehemaligen russischen Invasöre, sehr zum Bedauern für die Bevölkerung, vor allen Dingen die dort ansässigen Mudschaheddins aber setzen sich erfolgreich zur Wehr. Es herrscht Kriegszustand in einem Land, in dem der Kommissar noch nie war, er wird aber im Flughafenrestaurant äußerst höflich bedient. Das Flugzeug darf nicht weiterfliegen, die Pakistani haben es okkupiert. So ein Mist, denkt der Kommissar. Er flüchtet aus dem Flughafenbereich und springt in voller Fahrt in einen vorbeifahrenden Bus. Der Bus bringt ihn nach Westen, in ein kleines Tal. Es ist dunkel bereits, als der Kommissar ganz alleine im Bus noch ist. Der Fahrer guckt starr nach vorne. Es ist ein alter Mann. Kommissar Schneider will von ihm den Bus kaufen, weil er unbedingt durch Iran und Irak zunächst einmal nach Jordanien und dann über Sinai nach Jemen und anschließend Richtung Kilimandscharo will, wo ja der Scheich Muhammad el Papageno schon auf ihn wartet. Doch der alte Busfahrer stellt sich quer. Es ist sein einziger Besitz. Und er hat auch noch Familie. Sie warten auf ihn. Es ist weit und ohne seinen Bus kann er nicht über den Berg gelangen, es ist viel zu kalt. Der Kommissar verspricht ihm, ihn, wenn er den Bus an ihn verkauft, nach Hause zu bringen. Das geht aber nur, wenn er dort bei seiner Familie auch eine Nacht verbringen kann. Am nächsten Morgen will er dann die beschwerliche Reise anbrechen. Der alte Mann willigt ein. Kommissar Schneider kauft ihm den Bus für umgerechnet drei Mark und fünfundvierzig Pfennige ab. Ein Jahresgehalt für den alten Mann. Er springt vor Freude in die Luft. Kommissar Schneider fährt ihn nach Hause. Es ist spät nachts, als sie in der kleinen Siedlung ankommen. Ein mit einem Kaftan umgebener Turmwächter brüllt kurz und tief in sein Heidschnuckenhorn, als Begrüßung. Alle sind jetzt wach und umgeben den Bus mit fragenden Augen. Der Kommissar steigt aus, und ihm wird sofort ein Witz erzählt, denn trotz der vielen Entbehrungen, die diese Leute mitmachen müssen, ist ihr Humor in der Welt einzigartig geblieben. Der Kommissar findet schnell Freunde. Beim Würfelspiel wird die Nacht zum Tage. Und als der Kommissar am nächsten Tag los will, bleibt er doch noch zwei volle Tage bei den netten Leuten, er bekommt von der Frau des Busfahrers einen Pullover aus echter Schafswolle gestrickt. Am dritten Morgen fällt ihm der Abschied schwer, und mit Tränen in den Augen der Kinder, die zahlreich noch vor dem Schulunterricht erschienen sind, um ihn zu verabschieden, hatte er ja gar nicht gerechnet. So bleibt er noch bis Mittag. Dann muß er sich aber sputen. Die Grenze zum Iran ist nur bis vier Uhr nachmittags geöffnet. Also Vollgas.

Der Bus fliegt mit heißen Reifen nur so dahin. In ihm Kommissar Schneider, der sich den Schweiß von der Stirn wischt.

Er hat einen Auftrag zu erledigen. Es muß ihm innerhalb der nächsten vierundzwanzig Stunden gelingen, den Scheich mit der Hundehaarallergie zu verhaften. An der Persischen Grenze wird er gefilzt. Er muß Schuhe und Hose und Hemd ausziehen, und jemand schaut ihm in den Hintern, ob er eventuell eine Kalaschnikow versteckt hat. Dann muß er eine Rupie zahlen, das sind umgerechnet 0,23 Pfennige. Es ist die Maut durch die Gebirgsstraße, die von beiden feindlichen Ländern kontrolliert wird. Im Irak nimmt er einen Tramper mit. Ein Amerikaner, der im Weltatlas dieses Land entdeckt hatte. Ein völlig nervöser Mensch, der im Bus immer auf der Stelle trampelte. Mit einer Hand in der Schlaufe. Die andere umklammerte seinen Rucksack. Ein Rucksacktourist. Er hatte einen totalen Sonnenbrand. An einer Tankstation wollte er eine Postkarte an seine Mutter in Orlando schreiben. Tatsächlich gab es Briefmarken, und der Tankwart war auch sehr freundlich und nahm den Brief an. Bei der Abfahrt sah Kommissar Schneider aus den Augenwinkeln, daß der Tankwart die Postkarte studierte. Dann ging er hinein in sein Gebäude. Der Weg durch den Irak war beschwerlicher als der Kommissar es sich gedacht hatte. Viele Kilometer nur Acker anstatt Autobahn. Dann ein Flußbett, zwar ausgetrocknet, aber voller Gerümpel. Und da mußten sie durch, schade um die Reifen. Nach etlichen Kilometern endlich die Grenze. Und wieder warten, und wieder gefilzt. Und wieder Geld bezahlen. Und wieder weiter. Und wieder ein Tramper. Und wieder die Tankstelle. Und wieder die Postkarte. Es wurde langweilig. Der Kommissar wies einem der Tramper das Lenkrad zu, er wollte sich mal ausruhen. Der nahm das Lenkrad zwischen die Finger, gab Gas, und was nun kam,

ist wirklich nicht besonders gut für den Kommissar, denn er hatte es ja eilig! Der Typ hatte keinerlei Erfahrung mit Auto, geschweige denn mit einem Bus, und so kam es, daß er in den ersten zehn Minuten den Motor überdrehte! Aus! Eine kleine Pfütze Öl unter dem Motorblock, und sonst nichts. Aber der Bus fuhr nicht mehr. Was nun? Da fällt mir was ein. Ich denke, keiner hat was dagegen, wenn ich den Kommissar Schneider einfach, ohne daß er das selber merkt, nach Kilimandscharo-City tue, damit die Scheißgeschichte bald ein Ende hat. Also, folgendes passiert jetzt:

Der Scheich fährt mit seinem mittlerweile obligatorischen Motorroller über eine Straße. Es staubt sehr. Kommissar Schneider steht hinter einem Häuservorsprung. Da kommt der Scheich vorbei. Kommissar Schneider rollt mit seiner Kinderwagen-Imitation auf die Straße, und der Scheich stürzt. Der Kommissar duckt sich in seiner Konstruktion. Der Scheich haut mit der flachen Hand auf den Kinderwagen. »Du doofer Kinderwagen! Aua! Ich bin gestürzt! Aua! Du doofer Kinderwagen du!« Da steht Kommissar Schneider bereits hinter ihm. »Sie sind verhaftet, Scheich Muhammad el Papageno! Alias: Henderson!« Und zwei Handschellen klicken um die Gelenke des Multimillionärs. Der ist etwas verdattert, weil ja keiner sein Pseudonym eigentlich kennen kann. Aber Kommissar Schneider kannte es dennoch. Vielleicht aus diesem Buch? Ich verrate mal wieder nichts.

Zu Hause angekommen in Deutschland bringt der Kommissar Schneider den Scheich erst einmal zu einem Hautarzt. Er soll den Scheich heilen. Es bestehen auch Chancen, denn Hunderhaarallergie ist eine ganz normale Allergie. Das wußte der Scheich nicht. Es handelt sich um dieselbe Allergie wie beispielsweise bei einer Allergie gegen alles und gar nichts. Also kein so schwieriger Fall für einen niedergelassenen Arzt. Der Scheich mußte allerdings einige Dinge über sich ergehen lassen. Zum Beispiel wurden mit einem Kirschkernentsteiner in die gesamte Hautpartie Löcher gestanzt, wo Hunderhaare der verschiedensten Rassen reingesteckt wurden. Das konnte der Scheich nicht aushalten. Er starb sogar beinahe! Am schlimmsten war tatsächlich Bernhardiner! Derselbe Hund, der ihn damals unter der Lawine hervorzog! Und der war nämlich nicht tot! Der Scheich hatte den falschen Hund getroffen, weil die sich so ähnlich sehen. Bernhardiner sehen nicht so aus wie Deutsch-Drahthaar. Deutsch-Drahthaar sind schmale, muskulöse und herrschsüchtige Jagd-Kampfhunde der mittleren Klasse. Davon bekam der Scheich auch Haare in die Löcher gesteckt. Das war noch schlimmer für ihn. Also, ich kann nur sagen, er juckte sich so fürchterlich, daß der Kommissar Mitleid bekam. Er konnte aber nichts machen. Scheich Muhammad el Papageno wurde ausgetauscht gegen Eddy Condon. Kommissar Schneider nahm das Bild an Ort und Stelle in der Schweiz zu seinen Händen entgegen. Die Presse schreibt folgendes: »... und verdient erhielt einer der größten lebenden Kriminalisten der Welt das Konterfei zum Austausch gegen einen der gefährlichsten Verbrecher, die in unserer Schweiz das Unwesen trieben. Es handelt sich um Kommissar Schneider aus Deutschland. Ganze Genera-

der Scheich mit der Hundehaarallergie

tionen von Kommissaren werden einst in ihm den Urheber der intelligenten Verbrechensbekämpfung mit Einfühlung in die Seele des Verbrechers und äußerste Akkuratesse sehen müssen. Er ist und bleibt kaum zu bezahlen. Kommissar Schneider, auch die Schweiz braucht dich! Komm!« ...

Und was macht Kommissar Schneider jetzt, nach erfolgreich gelöstem Fall? Er übt ein bißchen auf seinem alten Klavier oder gießt Blumen, dann gibt es noch seine Frau, mit der er manchmal spazieren geht, oder sein Hund jault im Hinterhof der Metzgerei. Oder Kommissar Schneider besucht seinen ehemaligen Arbeitsplatz, das Polizeipräsidium, denn nach diesem Fall mußte er einem jüngeren Kollegen Platz machen, ein gewisser Kommissar Jungbluth, aber der macht das da nicht lange, sagt Kommissar Schneider. Und dafür wird er sorgen. Keiner soll seine alte Stelle erhalten. Dann will er lieber wieder selber ermitteln! Und mit diesen Worten stellt er sich selbst wieder ein, der Polizeipräsident ist dagegen machtlos. Aber er will auch gar nichts dagegen unternehmen, denn ohne Kommissar Schneider ist die Polizei nur noch die Hälfte wert. Auf Wiedersehen Kommissar Schneider! Wir freuen uns schon auf die nächste Episode!

Epilog:

Der Kommissar Schneider ist vielen bekannt unter seinem richtigen Namen. Verstehen sie daher, daß ich auspacken muß. Ich bin es selbst, der Autor. Wer würde sonst die ganzen Sachen sich aus den Fingern saugen können, die mir so in meiner Kriminalistenlaufbahn passieren? Niemand, vielleicht höchstens noch Jules Verne. Aber der lebt schon lange nicht mehr. Es gibt es ja oft, daß man erst denkt, der Autor hätte alles nur in der Phantasie erdacht, und dann kommt nachher raus, daß das ja autobiographisch ist! Deshalb gebe ich das nun schon etwas früher zu erkennen. Aber ich habe stellenweise darauf hingewiesen, daß dieses Buch nicht zu empfehlen ist. Daran hätte man das Bekenntnis schon selbst entdecken können! Welcher Autor will wohl sagen, daß seine Werke nicht gut genug sind für den Leser? Natürlich nur der, dem dieses alles, was da in dem Buch steht, selbst passiert ist, denn das findet man ja selber manchmal nicht gut! Also, bis zum nächsten Mal:

»Das Leben wird zunehmend in unserer Makro-Funktional-Gesellschaft vom natürlichen Reiz entwöhnt; wenn man sich zusätzlich noch eigene Gesetze schafft, denen man sich unterwirft und unverschämterweise auch anderen dieses abverlangt, wird es zu einer Farce.«

Prof. Dr. Helge Schneider